Das Grab auf der Hallig

Wolfgang Brammen

Das Grab auf der Hallig
Kriminal-Novelle

Bibliographische Information der Deutschen National-bibliothek:
Die Deutsche Nationalbibliothek verzeichnet diese Publikation in der Deutschen Nationalbibliographie; detaillierte bibliographische Daten sind im Internet über http://dnb.d-nb.de abrufbar.

Für Inge

Zu den in nordfriesischer bzw. norddeutscher Sprache – im Text vereinfachend als Dialekt bezeichnet – geführten Dialogen gibt es auf den Seiten 121 und 122 zu den wesentlichsten Wörtern und Begriffen eine Gegenüberstellung zu ihren hochdeutschen Entsprechungen. Der Autor ist zuversichtlich, daß sich auch dem nicht der nordischen Sprachen kundigen Leser im Kontext der Erzählung sowohl Inhalt als auch Atmosphäre der wörtlichen Reden ohne allzu große Mühe erschließen.

Das Grab auf der Hallig

In diesem Jahr schlug das Wetter schon um, kaum daß der September vorbei war, der bereits ordentlich Regenwolken übers Land getrieben hatte. Kein Wunder, daß die Bauern auf den Marschhöfen, wenn man sie darauf ansprach, bedenklich mit den Köpfen wackelten, denn das verhieß meistens nichts Gutes für den Rest des Jahres. Und so kam es dann auch. Schon im Oktober wurden Flutstände abgelesen, wie sie in normalen Jahren sonst frühestens im Dezember auftraten.

Die erste Sturmflut rollte, was keinen mehr richtig wunderte, denn auch bereits eine Woche vor Ende Oktober auf die Küste zu und bescherte den Halligen das erste Landunter, ohne jedoch nennenswertes Unheil anzurichten. Was auffiel, war der viele Nebel, der zäh an den Festlandsdeichen hing, sich oft übers Watt bis zu den Inseln und Halligen hinzog und sich tagelang nicht lichten wollte. Die Sonne machte sich rar, tagsüber herrschte ein tristes gelbliches Licht, aus Nordwest jagten die Stürme, einer hinter dem anderen, über die See und das mit einer Hartnäckigkeit und Ausdauer, wie man das schon lange nicht mehr erlebt hatte und alle sich fragten, was davon zu halten sei.

Bei den Seeleuten heißt es, daß jede siebte Welle ein Stück höher ist als die sechs davor. Und wenn der Sturm nicht aufhört, sagen sie, wenn er über den ganzen Tag und die ganze Nacht anhält, dann ist ein Kaventsmann darunter, so eine besonders große Welle, so ein Ungetüm, wobei davon das Schiff nicht untergeht, manchmal schon, doch das ist eher selten, aber so ein Kaventsmann rüttelt den Kahn ordentlich durch, und jeder sollte sich vorsehen und nicht so einfach auf dem Deck herumlaufen bei schwerem Wetter.

Mit den Sturmfluten war das in diesem Jahr so ähnlich wie bei der siebten Welle, aber nur beinahe, denn es war die sechste in dem anstehenden Winter, die sich in die besonderen Register und Berichte über Katastrophenfluten zumindest nicht ganz hinten eintragen lassen wollte.

Gut, alle Zutaten für eine kräftigere Springflut waren angerührt, Neumond, Nordwest mit Orkanstärke, aber das war ja an sich nichts Neues, das wußte jedes Kind an der Küste. Das bißchen Verluste an Lahnungen und Buhnen, das Hochlecken des zu weißem Schaum geschlagenen Wassers an den Deichen bis zum letzten Höchstwasserstand beunruhigte die Leute nicht weiter. Und Landunter bei den Halligen gab's ja auch öfter, die Sommerdeiche kriegten dabei schon mal was ab, doch das regte dort keinen sonderlich auf, außer vielleicht die Handvoll Gäste, die es verpaßt hatten, beizeiten die Koffer zu packen und nun festsaßen und das Ganze zum ersten Mal miterlebten.

Aber so einfach war's dann auch wieder nicht, damit war es diesmal nicht getan, die Sache lief nicht wie üblich ab. Die sechste Sturmflut hatte weit Schlimmeres vor, jedenfalls mit den Halligen, ganz besonders aber mit Uthoog, denn die liegt sowieso gut einen halben Meter tiefer als die anderen Halligen. Und als ob das nicht schon kritisch genug war, hatte es mit den dringend notwendigen Aufwarftungen obendrein noch eine Menge Ärger gegeben, weil Material nicht rechtzeitig vom Festland rüberkam und das Deichamt zu wenige Männer schickte. In einer Woche reiste sogar nur die Hälfte von ihnen an, weil im Marschland die Grippe grassierte. Man war gehörig in Rückstand geraten und nun standen die schlechten Monate an, da war man nie vor Sturmfluten und Landunter sicher. Weiterarbeiten war völlig unmöglich, viel zu gefährlich auch, ein einziges Landunter, nicht mal ein schweres, konnte alle Arbeit im Nu zunichte machen. Nein, das war klar, erst im nächsten Frühjahr würde es weitergehen können.

Besonders die Kirchwarft, bei der überhaupt noch nichts gemacht worden war, verursachte große Sorgen, denn die zeigte an einer Stelle eine Absenkung in der Randzone, ganz hinten im Friedhofsbereich, hinter der Grabplatte, unter der einige der Uthooger Pastoren begraben lagen. Das mußte ganz plötzlich passiert sein, denn der Pastor hatte das erst vor ein paar Tagen mitgekriegt, weil er eher selten in den etwas düsteren Teil des Friedhofs ging. Der war mittlerweile ein bißchen verwildert, weil die letzten Beerdigungen in dieser Ecke ziemlich lange zurücklagen und nur selten einer nach den Gräbern dort schaute.

Vielleicht hätte es ja ein normales Landunter mit den normalen Schäden bewenden lassen, mit dem üblichen Kram eben, mit Flüchen und Verwünschungen beim Abwarten und Zusehen und mit der anschließenden Schufterei beim Leerlaufen der Hallig, die meistens dann doch noch so viel Zeit ließ, schnell schon mal Richtung Westdeich zu laufen und nach Strandgut zu sehen und für sich klarzumachen. Der ersten Hand, die das Zeug da draußen anfaßte, gehörte es ab dieser Sekunde, da gab's klare Regeln.

Doch es kam ganz anders, es gab nicht nur ein Landunter, sondern gleich drei oder vier nacheinander, weil der Nordwest einfach nicht schwächer werden wollte. Die Halligen liefen nicht mehr leer, nicht mal bei Ebbe, und schon war die nächste Flut da und drückte das gerade mal bis zur Hälfte abgelaufene Wasser wieder zurück, so daß tagelang kaum einer von seiner Warft runterkam. Auf Uthoog war's besonders arg. Selbst mit Wathose und Stecken war's da zu gefährlich, weil das Wasser einfach zu hoch stand und der Sturm die Wellen mit solcher Gewalt über die Hallig fegte, daß es auch dem kräftigsten Kerl die Beine weggerissen hätte. Und das wär's dann gewesen, niemand hätte helfen können.

Aber damit nicht genug, es kam noch dicker. Auf Uthoog geschah etwas, womit keiner gerechnet hatte, auch die Alten nicht und die waren nun wirklich eine Menge gewöhnt.

Kaum daß es ein wenig heller wurde, ging bei Peter Jochimsen das Telefon. Der Uthooger Pastor war dran, Ole Wittensen. Sie kannten sich flüchtig, Wittensen kam aus einem Nachbardorf, war eine Portion jünger als Jochimsen, bei der freiwilligen Feuerwehr waren sie sich kurz über den Weg gelaufen. So richtig näher kannten sie sich nicht, aber Wittensen hatte wohl irgendwie seine Telefonnummer in die Finger bekommen und klang reichlich aufgedreht.

„Haben Sie schon gehört? Wir sind hier ziemlich übel dran."

Jochimsen war noch nicht ganz wach. „Was ist los, Pastor? Warum rufen Sie mich am Sonntag in aller Herrgottsfrühe an und holen mich aus dem Bett? Wo brennt's?"

Zwar wußte er von den Sturmfluten der letzten Tage, auch jetzt heulte der Wind wieder ums Haus herum, doch bislang war nichts Außergewöhnliches passiert, also kein Grund, den Wilden zu spielen. Von der anderen Seite hörte er heftiges Atmen:

„Die Kirchwarft wurde überspült, ganz Uthoog, aber ich hier am meisten. Die Kirche steht unter Wasser." Pastor Wittensen schien nach Luft zu schnappen, um weiterreden zu können. Die Telefonverbindung schwankte, Jochimsen vernahm nur Wortfetzen.

„Kirche unter Wasser? Was sagen Sie da?" Jochimsen sprach über das abgehackte Gestammel aus dem Hörer hinweg. „Was ist mit Ihrer Warft, was ist passiert?" Noch immer war der Pastor nicht zu verstehen.

„Sind Sie in Lebensgefahr, Pastor? Ihre Familie, was ist damit? Und die anderen Warften, was ist mit denen? So reden Sie doch!"

Die Verbindung wurde besser. Und dann redete der Pastor. Die Kirchwarft hatte es voll erwischt, genau an der Stelle der Absenkung, hinter dem Pastorengrab. Zunächst ging's noch halbwegs gut, doch eine der nachfolgenden Fluten kam genau durch dieses Loch in der Warftkrone rein, riß die Lücke noch größer. Niemand konnte ihm beispringen, das Wasser stand selbst bei Niedrigwasser noch gut anderthalb Meter gegen die Warft an, dazu der anhaltende Sturm, das Schiff fuhr nicht mehr, bereits seit Tagen blieb der Anleger verwaist und die Regenwolken hingen dick und undurchdringlich über der Hallig. Kein Hubschrauber wagte da einen Anflug, und was sollte der in der Situation auch schon ausrichten.

Die nächste Sturmflut, sie lief nachmittags so gegen vier Uhr heran, die war's dann, die auf der Kirchwarft alles kurz und klein schlug. Es war tatsächlich die sechste vor dem Jahreswechsel, eine Springflut. Sie kam fast ungebremst in den Friedhof rein und tobte sich dann auf der Warft aus, zuerst zwischen den Gräbern, dann nahm sie sich auch die Gebäude vor. Eine entsetzlich lange Zeit überschlugen sich die Wellen, krachten gegen die Grabsteine, gegen die Kreuze, unterspülten die Steine, die umsanken wie das Korn unter der Sense, nahmen die Holzkreuze einfach mit, als ob's Streichhölzer wären.

Zwei Gräber bereiteten Pastor Wittensen besonders großen Kummer, eines lag im vorderen Bereich, seitlich der Kirchentür, vor knapp einem halben Jahr angelegt, darin die gute Rieke Bengtsen dem Herrgott anheimgegeben, doch richtige Schweißperlen trieb ihm das Grab von Hinnerk Rensing auf die Stirn, denn den hatte er vor gerade mal dreieinhalb Wochen erst begraben, vielleicht zwanzig Schritte vom Pastorengrab weg. Dort hatte sich die Erde überhaupt noch nicht gefestigt, konnte leicht weggespült werden. Bei den großen „Mandränken" im siebzehnten und achtzehnten Jahrhundert hatte es Särge aus den Gräbern gerissen, das wußte er. Sollte sich das jetzt wiederholen? Trotz mehrfacher Aufwarftungen, trotz Sommerdeich? Er verdrängte die fürchterlichen Gedanken, wollte sich nicht vorstellen, daß die Totenruhe auf diese schreckliche Weise gestört werden könnte.

Aus dem ersten Stock des Pastorats hatte er dem Inferno hilflos zusehen müssen, war von einem Fenster zum anderen gerannt, während Frau und Kinder ganz oben unterm Dach ausharrten. Nichts blieb heil, nur die nackten Gebäude, das Pastoratshaus und die Kirche, ragten aus dem Wasser heraus. Doch ins tieferliegende Kirchenschiff strömte das Wasser rein, nahm seinen Weg durch die aus den Angeln geschlagene Tür, anfangs mit einer Geschwindigkeit wie bei einem geöffneten Sieltor. Wittensen konnte es durch die beschlagenen, regengepeitschten Fensterscheiben noch gut genug erkennen. Da war es wenig tröstlich für ihn, daß der Kirchenboden nicht befestigt war, keine Bretter, keine Steine, kein Beton, sondern nur Sand, purer Sand, manchmal fand sich sogar die eine oder andere Muschelschale darin, und das alles nur deswegen, damit das Wasser, wenn es denn käme, einfach versickern könnte. Doch so richtig hatte niemand mehr für möglich gehalten, daß eines Tages wirklich das Wasser wieder bis an die Kirche vorstieße. Zuletzt gab's das mal vor über zweihundert Jahren.

Doch jetzt war das Meer da, es war gekommen, das Wasser stand mindestens einen halben Meter hoch im Kirchenschiff. Das mit dem Versickern würde wohl ein Weilchen auf sich warten lassen, denn noch immer drückte das Wasser in die Kirche rein, und Pastor Wittensen betete, daß die See wenigstens die Mauern verschonte und das Gotteshaus nicht zum Einsturz brachte. Mit dem Wasser wollte er, wenn denn alles vorbei war, schon fertig werden.

Aber es war noch nicht alles vorbei, als er am Fenster gestanden hatte, die Flut führte noch Ärgeres im Schilde. Erneut schwankte die Telefonverbindung, doch Jochimsen hörte trotzdem, wie des Pastors Stimme einen seltsamen, hohen Ton annahm.

„Zwei Särge wurden freigelegt." Dann kam erst mal nichts mehr. Jochimsen lauschte in den Hörer. Anhaltendes Krächzen, dann wieder der Pastor: „Ein Sarg, der vom neuen Grab, wurde herausgespült. Es war ganz fürchterlich, es ist ganz schrecklich."

Jochimsen begann sich zu ärgern. „Das ist schlimm, Pastor, klar, das ist nicht schön. Aber was kann ich da machen, wozu rufen Sie mich da an? Können Sie das nicht mit Ihren Leuten auf der Hallig regeln, ich meine, den Sarg wieder rein ins Grab und dann zuschaufeln, das andere Grab gleich mit, wenn die Warft wieder trockengefallen ist?"

Nachdem erneut aus dem Telefon nur Krächzen und Brummen zu vernehmen waren, wollte Jochimsen gerade auflegen, als er wieder die Stimme des Pastors hörte. Der hatte wohl mit wachsender Verzweiflung und immer lauter nach ihm gerufen.

„Wieder da, Pastor? Das ist ja eine hundsverdammte Telefonverbindung, man sollte ..."

Pastor Wittensen ließ Jochimsen nicht ausreden. „Der herausgespülte Sarg war leer."

Jochimsen traute seinen Ohren nicht, hörte, wie der Pastor sich räusperte und dann weiterredete:

„Ich habe es mit eigenen Augen genau gesehen. Der Sarg von Hinnerk Rensing war leer, er hat da nicht dringelegen. Es ist so schrecklich, so unfaßbar schrecklich."

Und dann erfuhr Jochimsen, daß der Sarg wohl tatsächlich vom Wasser aus dem ziemlich frischen Grab herausgeschwemmt worden war,

Richtung Westwand der Kirche trieb, auf dem Weg dorthin mehrfach ein paar Bäume rammte und zuletzt ein paarmal so heftig gegen den großen Ahorn, der an der Grenze zwischen Kirche und Pastoratshaus stand, geschmettert wurde, daß das Holz zersplitterte, der Sargdeckel sich an einer Seite hob und dann von der Wucht des Wassers völlig weggerissen wurde. In diesem furchtbaren Augenblick hätte er zufällig zum Friedhof geschaut, er hätte alles mitgekriegt, hätte genau beobachtet, daß der Sarg leer war, vollkommen leer, so wahr er Ole Wittensen heiße und Pastor von Uthoog sei. Er könne sich das alles nicht erklären, begreife das Ganze nicht, er sei nicht imstande, noch einen einzigen klaren Gedanken zu fassen. Er habe den alten Hinnerk Rensing doch selbst eingesegnet, habe ihn doch selbst beerdigt, es sei ein schöner Tag gewesen, daran erinnere er sich noch gut. Und jetzt das. Der Sarg leer, der Tote verschwunden. Wie könnte das sein, er begreife das alles nicht. Er sei doch nicht verrückt.

Jochimsen überlegte, ob der Pastor vielleicht doch ein bißchen daneben war mit den Nerven. Tagelanges Landunter, eingeschlossen auf einer Warft, so hatte er erfahren, legte rasch die Nerven blank, selbst bei Leuten, bei denen man das eigentlich nicht erwartete. Ein leerer Sarg? Auf Uthoog? Halligleute waren manchmal seltsam, erzählte man sich auf dem Festland. Andererseits, Wittensen war so furchtbar lange noch nicht auf Uthoog. Vielleicht sechs oder sieben Jahre. Aber immerhin.

„Könnte doch sein, daß der Tote von der See mitgerissen wurde, daß Sie das eben nicht mitgekriegt haben", rief Jochimsen in den Hörer, „so könnte das doch passiert sein. Vielleicht wird der Körper an der nächsten Warft angetrieben, vielleicht …"

„Nein!" schrie auf der anderen Seite der Pastor, „nein! Der Sarg war leer, als der Deckel abgerissen wurde. Ich schwör's bei allem, was mir heilig ist, er war leer, leer, leer!"

Fieberhaft überlegte Jochimsen, was jetzt zu tun war, wie er mit dem aufgeregten Pastor, der offenbar kurz davorstand, mächtig durchzudrehen, weiter verfahren sollte.

„Wo ist das Wasser jetzt bei Ihnen, Pastor, wie hoch steht es noch auf Ihrer Warft?"

„Wir haben Niedrigwasser", ließ sich nach quälend langer Stille Pastor Wittensen vernehmen, er klang wieder etwas ruhiger, „ich kann raus, kann auf der Warft umherlaufen, mit Wathose und Stock, aber alles steht noch unter Wasser."

Es hörte sich an, als ob er aufschluchzte. „Es ist alles so schrecklich, ganz furchtbar!"

„Und der Sarg, wo ist der beschädigte Sarg, in dem der Tote fehlt, wo ist der?"

„Der liegt auf der Treppe, auf der Außentreppe, ganz oben, ich habe ihn raufgezogen, da liegt er nun. Auch der Sargdeckel liegt dort, ich habe ihn gefunden, er hatte sich in Sträuchern verfangen. Ach, wie ist das schrecklich, wie furchtbar!"

„Und die anderen Warften, die Hallig, haben Sie immer noch Landunter, trotz Niedrigwasser?"

„Immer noch Landunter, nicht hoch, aber keiner geht raus, immer noch starke Strömung, zu gefährlich."

Die Verbindung brach ab, blieb sekundenlang weg, dann war der Pastor wieder da.

„Was soll ich tun, Herr Jochimsen, was soll ich tun?"

„Haben Sie mit den anderen Warften Kontakt, haben Sie mit denen schon telefoniert?"

„Nein, das geht nicht, ich kann nur zum Festland anrufen, von den übrigen Warften bin ich abgeschnitten. Die anderen Warften sind weniger beschädigt als die Kirchwarft, soweit ich das mit dem Fernglas erkennen konnte."

Jochimsen überlegte kurz. Lebensmittel waren noch für gut zwei Wochen auf der Warft, hatte Wittensen in seinem ersten Redeschwall noch erwähnt.

„Hören Sie", rief Jochimsen in den Telefonhörer, „ich schicke Ihnen Hauptwachtmeister Holthaus rüber, Jasper Holthaus, sobald das Schiff wieder fährt. Holthaus kommt mit dem ersten Schiff." Jochimsen lauschte auf eine Reaktion.

„Hören Sie mich, Pastor? Hauptwachtmeister Holthaus kommt mit dem ersten Schiff. Hören Sie?"

„Ja", schrie Pastor Wittensen gegen die immer schlechter werdende Verbindung an, „Herr Holthaus kommt ..."

Dann brach die Verbindung vollständig zusammen.

*

Das Fährschiff nahm den Betrieb schneller auf, als viele erwartet hatten. Zwar hingen die Wolken noch immer tief, kein Sonnenstrahl schaffte es bis zur Erde, es stürmte auch weiter, mal stärker, mal schwächer, doch zumindest blieben die Sturmfluten aus; für wie lange, wußte niemand.

Nur wenige Leute waren an Bord, vielleicht anderthalb Dutzend, und die hockten unter Deck und steckten die Köpfe zusammen. Nur ab und zu blickte einer auf, drehte sich jemand kurz um und sah zu Jasper Holthaus hinüber, der alleine an einem der Tische saß und in Prospekten und Katalogen der Reederei blätterte, die das Schiff betrieb. Noch bevor Holthaus mal mit dem Kopf nicken oder sonstwie eine Art Begrüßung an eines der fremden Gesichter signalisieren konnte, hatte man sich schon wieder von ihm abgewandt. Sie alle waren mit ihm gemeinsam an Bord des leeren Schiffes gegangen, das sich nach dem katastrophalen Landunter zu seiner ersten Fahrt aus dem schützenden Hafen herauswagte.

Eine Stunde sollte die Überfahrt dauern, doch da sie gegen den Strom fuhren, auch gegen einen immer noch ruppigen Wind aus Nordwest, richtete sich Holthaus auf eine längere Fahrtzeit ein. Er kannte Uthoog, aber nur flüchtig. Von der Schule gab es mal einen Ausflug dorthin, das galt sozusagen als Pflichtbesuch, danach war er nicht mehr dort. Ihn zog es nicht zu diesen winzigen Erhebungen im Meer hin, er konnte mehr mit den Inseln anfangen, da war mehr Betrieb, mehr Leute, da fiel man nicht so auf, auch im Winter nicht, wenn fast alle Gäste verschwunden waren.

Das Schiff bewegte sich nicht viel, rollte nur leicht von einer Seite zur anderen. Im ziemlich flachen Wattenmeer konnten sich einfach keine Riesenwellen aufbauen. Trotzdem hielt Holthaus die Kaffeetasse fest, bis er sie ausgetrunken hatte.

„Leerer Sarg?" hatte er nachgefragt, als Hauptkommissar Jochimsen eine Besprechung ansetzte und ihn über die Sache auf Uthoog informierte, „leerer Sarg?"

„Ja, der Pastor behauptet das jedenfalls. Er hätte das gesehen, mit eigenen Augen. Aber", fuhr Jochimsen fort, „ich habe da meine gehörigen Zweifel. Sehen Sie sich das mal an, Holthaus, vielleicht ist der Pastor doch ein bißchen mit den Nerven runter. Der Mann ist zwar noch nicht so furchtbar alt, aber man weiß nie, die Hallig soll jeden schaffen, irgendwann dreht jeder dort mal durch. Halligkoller. Und erst recht nach dem tagelangen Landunter. Bestimmt nicht einfach." Jochimsen wiederholte sich: „Bestimmt nicht einfach."

Holthaus überlegte, kramte in seinem Gedächtnis. „Nekro ..., da gibt's doch was, so irre Leute, die sich an Tote ranmachen, wie nennt man das noch gleich?"

„Nekrophilie", belehrte Jochimsen, „das vergessen Sie mal gleich wieder, Holthaus. Sexuelle Fixierung auf Tote, Todessehnsucht oder so etwas Ähnliches jedenfalls. Und das auf Uthoog? Bei den paar Leuten, die da wohnen? Außerdem geht es um einen Mann, einen älteren Mann. Also, das fällt wohl aus, das ist wohl so gut wie ausgeschlossen."

Bevor Holthaus etwas erwidern konnte, fuhr Jochimsen fort: „Wenn's da so zugegangen ist, wie der Pastor erzählt, dann kann der Tote tatsächlich rausgeschwemmt worden sein, dann ist der von der Kirchwarft runtergespült worden, ist vielleicht sogar längst auf hoher See. So etwas ist ja schon vorgekommen. Der lag ja noch nicht so lange dort, drei Wochen, sagte der Pastor. Da schwimmt ein Körper wohl noch auf. Also, Holthaus, sehen Sie sich mal um beim Pastor und auf der Hallig. Vielleicht ist der Tote noch auf der Hallig, doch dann wird man ihn hoffentlich rasch finden."

Jochimsen studierte das rundliche Gesicht des Hauptwachtmeisters, überlegte, wie alt er wohl sein mochte. Anfang dreißig taxierte er ihn, der Mann ließ sich schwer einschätzen, obwohl er ihn schon eine Weile einsetzte, hatte ihn aus dem Betrugs-Dezernat übernommen. Kein schlechter Mann, aufgeweckt, vielleicht ein Spur zu zögerlich, überlegte um viele Ecken herum, kehrte öfter mal an Tatorte zurück, auf eigene Faust, wenn man bei einem Fall nicht weiterwußte und der fürs erste ruhendgestellt wurde.

„Unangenehme Sache das Ganze, Holthaus, ich weiß. Doch wir müssen dem kleinsten Verdacht nachgehen, alle Zweifel ausräumen. Also bringen Sie's hinter sich, sobald das Schiff wieder fährt. Ist wahrscheinlich gar nicht so kompliziert, wie es jetzt aussieht."

Holthaus wirkte unschlüssig.

„Dort gibt es noch immer keinen Polizisten, keine Wache?"

„Nein, Polizei brauchen sie dort nicht, wenn was passiert, kommt ja keiner weg, verstecken kann sich auch niemand."

„Das heißt, ich bin dann der einzige Polizeivollzugsbeamte auf der Hallig?"

„Ganz recht, junger Mann", antwortete Jochimsen übertrieben jovial, „der einzige. Mit allen Vollmachten und Befugnissen."

„Und wenn's da Scherereien geben sollte, ich meine, wenn da doch irgendwas dran sein sollte, also nicht nur so davongeschwommen, der Tote, dann …."

„ ….rufen Sie mich an", fiel ihm Jochimsen ins Wort, „die Festlandsverbindung stand sogar während der schlimmsten Sturmfluten der letzten Tage, sagte jedenfalls der Pastor. Dann kriegen Sie Verstärkung, vielleicht kann dann auch wieder der Hubschrauber landen. Sie werden sehen, daß das nicht nötig sein wird. Aber", Jochimsen zog die Brauen hoch, „natürlich nehmen Sie Ihre

Dienstwaffe mit, ist doch klar. Und auch Handschellen."

Dicke, düstere Wolken trieben über die Hallig, als sie anlegten, doch es regnete nicht. Lange würde es nicht mehr hell bleiben, vom Festland her näherte sich bereits die Nacht. Holthaus war überrascht, daß sich die Schäden am Anleger offenbar in Grenzen hielten, er war auf Ärgeres gefaßt gewesen, nach allem, was er von den orkanartigen Sturmfluten der letzten Tage und Wochen erfahren hatte. Vielleicht doch alles nicht so dramatisch? Immerhin war aber der Fährbetrieb für eine beträchtliche Zeit unterbrochen gewesen. Wie einsame schwarze Burgen hoben sich die Warften gegen den Horizont ab. Sah schon merkwürdig aus, wie sie da so vereinzelt über das flache Land verstreut lagen, jede für sich, als ob sie mit den anderen nichts zu schaffen haben wollten.

Ohne Umschweife steuerte der Pastor auf den Neuankömmling zu, was ihm nicht schwerfiel, denn er kannte jeden der Leute, die vor Holthaus stumm das Schiff verließen, dabei kurz zum Pastor rüberschauten und die Hand hoben oder ihm zunickten. Hinter Holthaus rumorte es mächtig, denn drei oder vier Traktoren rollten von Bord, an jedem hingen zwei große Transportwagen, wohl vollbepackt mit allem, was die Halligbewohner dringend benötigten, vor allem Lebensmittel, wie er mitkriegte, bevor sie ablegten. Nach fast drei Wochen war es das erste Schiff, das wieder fuhr.

Die beiden Männer sahen sich zum ersten Mal,

standen sich ein paar Sekunden wortlos gegenüber, bevor Holthaus das Schweigen brach und sich vorstellte. Er hatte sich inzwischen den Argwohn zueigen gemacht, der viele Polizisten irgendwann erfaßt und den sie nie mehr loswerden können. Sein gewinnendes Wesen täuschte leicht darüber hinweg, wenn er Menschen musterte und sie einschätzte und überlegte, mit wem er es wohl zu tun hatte. Die Leute „einnorden" nannte Jochimsen das, sprach überhaupt gerne von Himmelsrichtungen, wenn er etwas besonders verdeutlichen oder erklären wollte und hielt ziemlich viel von Holthaus, zeigte ihm das auch hin und wieder.

Sechs oder sieben Männer hatten im Gegenzug das Schiff bestiegen, das in wenigen Minuten zurückfahren sollte. Deutlich war der Schiffsmotor zu vernehmen. Holthaus lief rasch noch mal zum Anleger, um sich kundig zu machen, was für Männer das waren und vernahm vom Kapitän, daß sie alle auf der Hallig wohnten und dazu noch die Frage, warum er das überhaupt wissen wolle. Nachdem Holthaus sich ausgewiesen hatte, hellte sich das Gesicht des Mannes um eine Spur auf, behielt aber seinen argwöhnischen Ausdruck.

„Soso, na dann", näselte er, hielt einen Augenblick inne, betrachtete Holthaus mit schiefem Kopf von der Seite, schrieb die Namen auf ein Stück Papier und machte sich dann unverkennbar daran, mit dem Schiff in Kürze abzulegen, so daß der Polizeibeamte sich beeilen mußte, wieder auf den Anleger zurückzukommen.

Zur Kirchwarft ging's zu Fuß, vorbei an der Barkenswarft, an deren Ende ein schmales Sträßchen abzweigte und in einem leichten Bogen auf das düstere, von Bäumen nahezu verdeckte Pastorat und die eher kleine Kirche an seiner Seite zulief. Holthaus bekam bald nasse Füße, denn die Hallig war nach dem letzten Landunter noch nicht völlig leergelaufen, und an vielen Stellen leckte das Wasser in großen Streifen über die Straße. Pastor Wittensen trug Gummistiefel, an die Holthaus nicht gedacht hatte. Ein Auto besaß der Pastor auch, doch die Halligleute benutzten ihre Autos, die in erster Linie für Ausflüge aufs Festland gedacht waren, nur sehr ungern, wenn noch Meerwasser auf den Straßen stand, weil die Autos dann schneller rosteten.

Das alles erzählte ihm Wittensen in abgehackten Sätzen, er wirkte gehetzt, stierte vor sich hin auf die Straße und schaute nur selten zu Holthaus hinüber, während sie nebeneinander gingen. Den Rucksack des Polizisten streifte er mit einem schnellen Blick, sagte aber nichts dazu. Holthaus hatte genug damit zu tun, den ärgsten Pfützen auszuweichen, so daß ihre Unterhaltung eher spärlich ausfiel. Sie begegneten keinem einzigen Menschen auf ihrem Weg und die Leute, die mit Holthaus das Schiff verließen, waren verschwunden und er hätte nicht mit Sicherheit sagen können, wo er sie aus den Augen verloren hatte. Hintereinander waren die Trecker mit ihren Anhängern an ihnen vorbei Richtung Hansenswarft losgefahren, der größten Warft, auf der auch der Halligkaufmann sein Geschäft betrieb, waren rasch kleiner und kleiner geworden.

Am Fuß der Kirchwarft verhielt Pastor Wittensen kurz, bevor sie nach oben stiegen. Als erstes bekam Holthaus den Friedhof zu Gesicht, und der sah wirklich nicht gut aus. Von den Gräbern waren nur mühsam noch Umrisse auszumachen, das Wasser hatte ganze Arbeit geleistet, beinahe die gesamte Fläche mit einer grauen Schlammschicht überzogen, aus der vereinzelt unkenntliche Grabsteine herausragten, keiner stand mehr gerade, die meisten waren umgestürzt.

Als Holthaus sich zur Seite wandte, schaute er geradewegs in die aufgerissenen Augen des Pastors, die ruhelos hin- und herflogen, und erst jetzt bemerkte er, trotz der aufkommenden Dämmerung, wie blaß das Gesicht des Mannes war. Seine Backenknochen mahlten und hin und wieder zitterten die Lippen, auf denen die Andeutung eines Lächelns erschien, das aber sogleich wieder erstarb.

Die Zerstörungen auf dem Friedhof standen in einem auffälligen Gegensatz zu der offenbar im übrigen ziemlich unbehelligt gebliebenen Hallig. Soweit Holthaus feststellen konnte, hatten die Weidezäune, die Gatter und kleinen Brückchen und Stege keinerlei Schaden genommen. In den Maschendrähten hingen wie gezackte Fähnchen vom Wasser zurückgelassenes Gras und noch allerlei andere Pflanzenreste. Das war's aber auch schon, bis auf die großen Pfützen auf den Straßen, deren schwarzer Asphalt erstaunlich sauber wirkte und an vielen Stellen bereits abtrocknete. Eigentlich deuteten nur Kleinigkeiten auf die zurückliegenden schlimmen Stürme und die von ihnen verursachten Überflutungen hin.

Gut, Holthaus sah nur das flache Land ringsum, die Weiden und Viehtränken, die allesamt wenig Angriffsflächen boten. Nur die Warften stellten sich dem Wasser auf seinem Zug über die Hallig in den Weg, doch wenn sie intakt waren, wenn ihre Randhöhen stimmten, konnte normalerweise nicht viel passieren. Tatsächlich hatten die übrigen Warften kaum etwas abbekommen, wie Pastor Wittensen inzwischen wußte. Auf der Hanswarft konnte er sich davon an Ort und Stelle überzeugen, nachdem das Wasser zurückgegangen war, mit den anderen Warften hatte er telefoniert, als die Leitungen wieder funktionierten.

Wittensen gab keine Ruhe und zog Holthaus, der immer noch den Rucksack trug, gleich noch mit auf den Friedhof, um ihm die beiden Gräber zu zeigen, denen die Flut besonders übel mitgespielt hatte. Sie lagen nebeneinander, Richtung Pastorengruft, im hinteren Bereich des Friedhofs, und das linke Grab, das von Boye Asmussen, hatte ein Gemeindearbeiter bereits wieder verfüllt; ihm war nichts anderes übriggeblieben, als den schweren, feuchten Schlamm auf die Schaufel zu nehmen, der große Teile des Friedhofs überzog und zahlreiche Trittspuren aufwies. Dieses Grab war vor etwas mehr als einem Jahr angelegt worden. Bis hinab zum Sarg hatte es das Wasser geschafft, ihn aber nicht an die Oberfläche holen können, und als Pastor Wittensen sich vor ein paar Tagen vom Fortgang der Arbeiten ein Bild machen wollte, glaubte er das Geräusch brechenden Holzes zu vernehmen.

Der Schritt des Geistlichen wurde zögerlicher, als sie an das zweite Grab herantraten. Es befand sich, bis auf das noch nicht gänzlich versickerte Wasser, in dem Zustand, in dem es die Flut zurückgelassen hatte, niemand hatte es seitdem angerührt, wie Wittensen versicherte. Zwar war die Öffnung nach allen Seiten weiter geworden, an einer der Schmalseiten zeigte sich zudem ein etwas größerer Abbruch, aber Holthaus vermochte sich trotzdem nicht vorzustellen, wie der Sarg herausgeschwemmt werden konnte. Er schaute sich um, doch es gab für ihn weiter nichts Ungewöhnliches zu entdecken, da war nichts, was irgendwie von Bedeutung hätte sein können. Bis vielleicht auf die erkennbaren Ausbesserungen an jener Stelle des Warftrandes, wo das Wasser sein zerstörerisches Werk begann. Stumm zeigte Wittensen dorthin und beschwor dann Holthaus flehentlich, mit ihm dafür zu beten, daß bis zur Fortsetzung der Aufwartungsarbeiten keine weitere verheerende Flut seine Kirchwarft heimsuchen möge. Zusehends wurde es dunkler. Die Kirche wollte er sich morgen von innen ansehen, dann aber auch zügig mit den Ermittlungen beginnen.

Wittensen wich nicht von seiner Seite. Er habe Hinnerk Rensing begraben, flüsterte er und zog dabei den Kopf etwas ein, er habe ihn vorher eingesegnet, Sönke Behrendsen, der das immer mache, habe den Sargdeckel fest verschraubt, das habe der ihm mehrfach bestätigt, und Hinnerk Rensing sei genau so in die Erde gekommen, genau hier, an dieser Stelle, in dieses Grab sei er gekommen. Der Pastor drehte den Kopf nach allen Seiten, wie um sich zu vergewissern, daß sie alleine waren. Doch als der Sarg gegen den großen Ahornstamm dort geprallt und entzweigegangen sei, flüsterte er weiter, hätte kein Hinnerk Rensing mehr dringelegen, so wahr er Ole Wittensen heiße, der Sarg sei leer gewesen, einfach leer. Die Schilderung nahm ihn sichtlich mit, und er schluckte öfter und sein Atem ging stoßweise.

Der zerstörte Sarg lag, von einer Plane verdeckt, auf dem rechten Teil der Pastoratstreppe, bis zum Mauerwerk hinübergeschoben. Holthaus lüftete das grobe Segeltuch an einer Ecke und betrachtete kurz das verdreckte Holz, deckte dann alles wieder sorgfältig zu.

So richtig wohl fühlte er sich nicht. An diesem Ort hier zu leben, in dem grauen, unscheinbaren, aber ziemlich großen Pastorat, gleich neben dem Friedhof, eigentlich schon mehr auf ihm, die nächste Warft mindesten einen Kilometer weit weg, das war bestimmt nicht jedermanns Sache.

Holthaus bezog eines der Zimmer, die über

zwei Treppen oberhalb der Pastorenwohnung zu erreichen waren, im Dachgeschoß gelegen. In der Saison wurden sie bei Gelegenheit an Feriengäste vermietet, erzählte ihm auf dem Weg nach oben die Frau des Pastors mit so leiser Stimme, daß er sich zu ihr herüberbeugen mußte, um sie zu verstehen.

Aus seinem Fenster fiel der Blick unmittelbar auf den Friedhof, genauso wie es beim Wohnzimmer der Pastorenfamilie zwei Stockwerke tiefer der Fall war. Holthaus konnte sich nicht vorstellen, hier mal Urlaub zu machen, so mit zwangsweiser Aussicht auf den Friedhof. Tod und Sterben gehörten zwar zum Leben, in seinem Beruf wurde er auch manchmal damit konfrontiert, auch wenn Mord und Totschlag nicht gerade zum alltäglichen Geschäft in der Region zählten, doch im Urlaub, in den Ferien mußte er nicht unbedingt auch noch mit der Nase darauf gestoßen werden.

*

Am nächsten Morgen holte ihn die Pastorenfrau aus dem Schlaf, noch bevor sein Wecker loslegen konnte. Sie huschte schnell in sein Zimmer, es klirrte leise, dann war sie genauso schnell wieder verschwunden, ließ ein Tablett mit dem Frühstück zurück. Brot, dunkles wie helles, Butter, Marmelade und noch ein bißchen Wurst und Käse, dazu eine große Kanne mit Kaffee, reichlich schwarz, Milch war nicht dabei. Das ließ sich ja vielleicht ändern, er wollte es der Frau gleich sagen, wenn er sie sah.

Als erstes umrundete Holthaus die Warft, und im Gras, das den abfallenden Hang bedeckte, holte er sich schon bald wieder nasse Füße, diesmal im zweiten Paar Schuhe, das er eingepackt hatte. Nur langsam nahm der Tag an Helligkeit zu, dunkle Wolken, die sich kaum von der Stelle bewegten, verhüllten den Himmel. Nicht mal eine Andeutung der Sonne machte sich bemerkbar. Er suchte ein Weilchen rund um die Warft herum, ließ sich von Wittensen die Strömungsrichtung des Wassers beim fraglichen Landunter zeigen, erfuhr dabei, daß bei Landunter das Wasser eigentlich immer nur in einer bestimmten Richtung über die Hallig lief. Doch außer angeschwemmten Holz- und Strohresten und allerlei sonstigem Unrat, der von anderen Warften oder auch einfach von der See herrühren mochte, fand sich nichts an, das sein besonderes Interesse weckte.

Natürlich hätte Holthaus die Besonderheiten mit der Strömung selbst herausfinden müssen. Bei Sturmfluten gab's immer Wind aus Nordwest, folglich kam das Wasser auch als erstes hauptsächlich von dieser Seite her über die Hallig und floß in südöstlicher Richtung. Demnach brauchte er wohl auch nur den südöstlich der Kirchwarft gelegenen Teil der Hallig abzusuchen, das entsprach nach seiner Schätzung vielleicht einem Drittel der Halligfläche, denn nur dorthin konnte das Wasser den Toten mitgenommen haben, nur dort konnte er aufzufinden sein, wenn ihn denn die Flut nicht gleich in die offene See, in diesem Fall ins Wattenmeer befördert hatte.

Und zunächst mußte er – Pastor Wittensens Angaben in allen Ehren – davon ausgehen, daß der Tote aus dem Sarg heraus von der Flut mitgerissen wurde. Was denn sonst? Was sollte denn sonst geschehen sein mit ihm, hier auf diesem einsamen Fleckchen Land, warum sollte ihn jemand aus dem Sarg geholt haben und das erst nach der Beisetzung, ihn also ausgegraben haben? Oder wurde vielleicht ein bereits leerer Sarg in die Erde herabgelassen? Aber – um Himmels willen – aus welchem Grund sollte das geschehen sein, wer oder was könnte hinter einer solchen Handlung stehen, was für ein Motiv könnte Ursache hierfür sein? Der Pastor machte doch, alles in allem, einen ganz vernünftigen Eindruck. Natürlich standen ihm die Ereignisse der letzten Tage und Wochen ins Gesicht geschrieben, natürlich wirkte er gehetzt, war er nervös und fahrig. Doch sollte ihm das jemand verdenken, nach allem, was um ihn herum passiert war? Er würde mit Wittensen noch einmal über alles reden, vielleicht noch heute.

Am Fuß der Warft stand ein mächtiger Holzpfahl, auf dem die Wasserstände historischer Sturmfluten abzulesen waren. Holthaus postierte sich neben den Pfahl und maß mit den Augen ab, wie hoch das Wasser über ihn hinweggegangen wäre.

Der Sarg gab so gut wie nichts über das Geheimnis des Verschwundenen preis. Holthaus inspizierte ihn, schaute kurz ins Innere und beschied dem Pastor, ihn weiterhin an seiner jetzigen Stelle zu belassen und auch am Grab nichts zu verändern.

Um die Mittagszeit, als Holthaus draußen gerade den Ferienprospekt der Hallig studierte, weil dort eine praktikable Übersichtskarte abgebildet war, tauchte Bürgermeister Bendix Kruse mit einem halben Dutzend Männern auf.

Ja, verkündete der ihm sogleich, das mit der südöstlichen Richtung sei so eine Sache, denn wenn Hinnerk Rensing es nicht bis zum Halligrand geschafft hätte, dann könnte er auch noch durch die Priele gereist sein, denn durch die würde die Hallig leerlaufen, wenn das Wasser wieder falle. Dann würden sie die Sieltore nämlich sperrangelweit öffnen, da gäb's kein Halten, für nichts und gar nichts mehr. Und außerdem hätten sie schon so ziemlich alles abgesucht, wo der gute Hinnerk hätte hingeschwommen sein können. Aber nichts hätten sie von ihm gefunden, nicht ein Zipfelchen, der sei wohl nicht mehr auf der Hallig und nach seiner höchstpersönlichen Meinung habe sich der Hinnerk selbst umgebettet, hätte sich Richtung Watt davongemacht und wär' dort längst irgendwo in einem der Sände verschwunden und vor dem Wiederauferstehungstag bekäme den bestimmt keiner mehr zu Gesicht, so wahr er Bendix Kruse sei. Er warf einen unübersehbaren Blick in die Richtung der Pastorenwohnung und bemerkte mit munterer Stimme, daß der gute Hinnerk ganz bestimmt erst vom Blanken Hans aus seiner Holzkiste geholt worden sei und sich nicht bereits vorher dünnegemacht habe. In der letzten Zeit seien ja wohl ein paar Leute auf der Hallig gehörig rangenommen worden vom dauernden Landunter, tagelang sei doch von der Hallig kaum noch was zu sehen gewesen, nur die Warften, dann der viele Sturm, der nicht aufhalten wollte, ewig das Wasser bis vor die Tür oder auch schon mal rein in die Stube, keine Verbindung irgendwohin, da gingen doch schon mal dem einen oder anderen die Nerven durch und manch einer sähe dann vielleicht schon mal Dinge, die nicht wirklich existierten, sähe Gespenster und anderes Zeugs, was aber außer ihm selbst sonst keiner mitkriegte. Und die Sache mit dem Sarg, die Sache mit Hinnerk Rensing, überhaupt die Sache mit dem Friedhof, den das Wasser ja ordentlich umpflügte, dann noch das Wasser in der Kirche, na ja, da dürfte der Pastor ja wohl auch mal ein bißchen von der Rolle sein, dafür hätten sie alle hier auf der Hallig Verständnis. Doch das würde wohl wieder was mit dem Pastor, das renkte sich bestimmt wieder ein, der wäre ansonsten durchaus brauchbar und eigentlich, wenn er es recht bedächte, sogar ein ziemlich guter Pastor.

Kruse sprach im friesischen Dialekt, sichtlich

um Verständlichkeit für den Polizeibeamten bemüht, weil er häufig hochdeutsche Wörter einstreute, jedenfalls hielt er die von ihm verwendeten dafür. Aber Holthaus hätte auch so alles mitbekommen, denn er konnte inzwischen auch schon ein wenig im Dialekt reden und mit dem Hören und Verstehen klappte es noch besser. Wenn die Alten allerdings anfingen, ob auf dem Festland oder hier draußen auf den Inseln und Halligen, den uralten friesischen Dialekt zu sprechen, verstand er manchmal kaum die Hälfte davon.

Von Kruses Begleitern hatte Holthaus zustimmendes Gemurmel vernommen und stellte erstaunt fest, wie locker, ja, fast heiter die Leute mit der doch eher ernsten Angelegenheit umgingen. Warum er auf der Hallig war und bei Wittensen wohnte, schienen alle zu wissen. Keiner fragte ihn danach.

Noch immer standen sie an dem kleinen weißgestrichenen Tor, das in die Warft hineinführte. Von Wittensen war nichts zu sehen. Holthaus ließ durchblicken, daß er jetzt gern mit dem Bürgermeister ein paar Sätze alleine geredet hätte, worauf dieser seine Leute fortschickte, die sich auch gleich umwandten und dorthin zurückliefen, wo sie hergekommen waren. Holthaus sah, wie sie auf eine der weiter zurückliegenden Warften zusteuerten, die größte, wie ihm schien. Die Männer wurden kleiner und kleiner.

„Die Hansenswarft", erläuterte Kruse, „ist die

Hauptwarft von Uthoog."

„Mal ernsthaft, Herr Bürgermeister", begann Holthaus, „was halten Sie von der Geschichte? Wie ist es gewesen, war der Tote im Sarg oder war er es nicht, als das Wasser über den Friedhof herfiel?"

Kruse war einen halben Kopf kleiner als Holthaus, strich sich durch das semmelblonde Haar, kratzte sich dann ausgiebig am Kinn durch den gleichfarbigen Bart, schaute gründlich ins Weite, bevor er sich Holthaus zuwandte.

„Klar war er das, wo denn sonst?"

„Der Pastor sagt was anderes."

„Jo, weiß ich, doch das ist Unsinn."

„Warum sollte der Pastor denn solchen Unsinn verbreiten?" erwiderte Holthaus, „er besteht darauf, daß es so gewesen ist, wie er gesagt hat."

„Weil er auf 'm Zahnfleisch geht, Herr Kommissar, sieht man nicht gleich, aber ist so, der ist mit den Nerven fix und fertig."

„Hauptwachtmeister", verbesserte Holthaus den Mann, der nun den Flug von ein paar Gänsen verfolgte, „Hauptwachtmeister. Und deshalb behauptet der Pastor, daß der Sarg leer war, einfach so? Weil er mit den Nerven herunter ist?"

„Jo, ist wohl so. Keiner weiß hier, warum er so was in die Welt setzt. Ist ja 'n lieber Kerl, der paßt schon, doch das mit dem Hinnerk, das ist Unsinn." Kruse drehte sich jetzt vollends auf Holthaus zu. „Wie das denn, wie soll das gehen? Wie kann denn 'n Toter aus dem Sarg verschwinden, den wir zusammen begraben haben? Wie das denn?" Kruse redete jetzt schneller. „Wie soll das denn gehen? Sönke Behrendsen schwört Stein und Bein, daß er dem Hinnerk den Deckel auf die Nase gesetzt hat und dann zugeschraubt hat, sechs Schrauben, an den vier Ecken und noch zwei in der Mitte. Und das alles gerade mal zwei Stunden, bevor wir ihn begraben haben, und da war alles in Ordnung, keinem ist was aufgefallen, da saßen alle Schrauben da, wo sie Sönke reingedreht hatte. Also, Hinnerk Rensing war noch im Sarg, als das Wasser den rausholte, ganz bestimmt war er da noch drin. Kann doch gar nicht anders sein!" Er fixierte Holthaus streng. „Oder? Oder, Herr Kommissar?"

„Hauptwachtmeister, Herr Kruse, Hauptwachtmeister", verbesserte Holthaus ihn ein zweites Mal, „bis zum Kommissar dauert's noch ein bißchen."

Beide Männer schwiegen eine Zeitlang. Auch Holthaus sah jetzt in die Ferne, suchte den Horizont ab.

„Wie soll sich das Ganze denn Ihrer Meinung nach abgespielt haben", nahm er die Unterhaltung dann wieder auf, „was ist denn Ihrer Ansicht nach wirklich mit dem Toten passiert?"

„So, wie ich's schon gesagt habe. Das Wasser hat ihn mitgenommen, weggeschwemmt. Das hat es doch schon gegeben, auch hier bei uns, ist zwar 'n Weilchen her, doch das hat's schon gegeben, ist schon vorgekommen, ist schon genau hier auf dem Friedhof passiert."

Holthaus hatte darüber gelesen, daß Sturmfluten vor etlichen Jahren Grabstätten verwüstet und Särge an die Erdoberfläche gespült und Tote aus den Särgen gerissen hatten. Doch das war lange her, war weit vor den Aufwarftungen geschehen, seitdem hatte es das nicht mehr gegeben, soweit er wußte.

„Und der Sarg", wandte er ein, „warum blieb der Sarg auf der Warft? Gut, er wurde stark beschädigt, der Deckel wurde abgerissen, aber der hat sich doch offenbar wieder angefunden, denn er liegt dort drüben." Holthaus wies hinüber zum Pastorenhaus, zeigte auf das unter dem Segeltuch verborgene sperrige Gebilde auf der Treppe. „Der Sarg verbleibt auf der Hallig, der wird nicht vom Wasser weggeschwemmt, obwohl er aus Holz ist, nur der Tote schwimmt davon. Das ist doch wohl mehr als seltsam."

Fragend blickte er Kruse an, der ihm für das Amt des Bürgermeisters fast eine Spur zu jung vorkam, jedenfalls hatte er sich einen Halligbürgermeister älter vorgestellt, verwitterte Gesichtszüge, argwöhnisch gegenüber den Fremden, verschlossen, mißtrauisch, introvertiert. Der Mann hier hatte zwar von alledem schon etwas an sich, schien aber doch im Grunde zugänglich zu sein. Um seinen Mund liefen Linien, die anzeigten, daß er wohl öfter lächelte oder auch lachte, und unter dunklen Brauen, die im auffallenden Kontrast zu seinen hellen Haaren standen, waren die lebhaften

Augen von kleinen Fältchen eingefaßt.

„Bei den früheren Katastrophen", fuhr Holthaus fort, nachdem Kruse weiter schwieg, „wurden die Toten wohl alle wieder gefunden, sie wurden offenbar gar nicht weit mitgerissen."

Erneut machte der Polizeibeamte eine Pause, doch der Bürgermeister sagte kein Wort.

„Und jetzt ist der Tote verschwunden, unauffindbar, einfach weg. Das ist doch mehr als merkwürdig, finden Sie nicht auch?"

„Jo, das ist ja alles richtig, aber diesmal ist das eben anders gekommen. Der Hinnerk Rensing ist weg, der war im Sarg und im Grab drin und den hat die See geholt und ich hab' nicht den geringsten Grund, Sönke Behrendsen nicht zu glauben, wenn der sagt, daß er dem Hinnerk den Sargdeckel höchstpersönlich auf die Nase gepackt hat."

Kruse holte tief Luft nach den vielen Worten, sah dann Holthaus bedeutungsvoll an, ehe er weiterredete: „Vielleicht ist es ja auch eine Art Fügung, daß Hinnerk von der See geholt wurde, vielleicht sollte das ja so sein, so eine Art höhere Gewalt oder so was."

Holthaus stutzte, schaute den Bürgermeister überrascht an.

„Was sagen Sie da? Was meinen Sie denn damit?"

„Na ja." Kruse wand sich ein bißchen, eher er weitersprach. „In das Grab, gleich neben Boye Asmussen, da wollte er bestimmt nie hin, ganz bestimmt nicht."

„Wie? Was? Was sagen Sie da?" Holthaus faßte nach. „Der Tote, ich meine Rensing, hätte nicht in diesem Grab bestattet werden wollen? Meinen Sie das?"

„Genau das", sagte Kruse ungerührt, „genau das."

„Und warum nicht, warum wollte er das nicht?" fragte Holthaus ungeduldig. Kruse schien eine Antwort zu überlegen, doch Holthaus konnte nicht mehr an sich halten.

„Was ist das für eine Geschichte, die Sie da auftischen, was sagen Sie da? So reden Sie doch, Herr Kruse, so reden Sie doch endlich!"

Das ginge jetzt nicht mehr, beschied ihm der Bürgermeister nun kurz, er müsse jetzt los, zurück zur Hansenswarft, keine Zeit mehr, da warteten ein paar Leute auf ihn. Aber am Abend, da könnten sie sich mal zusammensetzen. Um acht. Im „Seelöwen".

Holthaus erfuhr, daß um diese Jahreszeit nur zwei Wirtshäuser im Wechsel aufhatten, das eine auf der Barkenswarft, das andere auf der Hansenswarft, und heute sei der „Seelöwe" auf der Hansenswarft an der Reihe. Er sollte auch besser eine Lampe mitnehmen, denn es würde manchmal ziemlich düster, wenn der Himmel mit Wolken dicht wäre; gerade für Leute, die sich nicht auskennen würden auf der Hallig, sei eine Lampe immer gut.

Holthaus schlug in die ausgestreckte Hand ein, die ihm Kruse hinhielt, und der war kaum von der

Warft herunter, als auch schon der Pastor an den Sträuchern auftauchte, die gleich hinter dem kleinen Tor standen und nur noch einzelne Blätter trugen.

*

Vereinbart war nichts, doch es schien kein Zweifel daran zu bestehen, daß Holthaus von den Wittensens mitbeköstigt werden sollte. Er machte sich im allgemeinen nicht viel aus der Esserei, hatte ein ganzes Paket Landjäger dabei und konnte sich mit diesen zähen, harten Würsten leicht ein paar Tage durchschlagen, erst recht bei dem üppigen Frühstück, das ihm die Pastorenfrau hinstellte.

Nach dem Essen – Fischsuppe, eingelegte Heringe, anschließend noch Karamellpudding – verschwand die Frau in der Küche, und die beiden Kinder, ein vom Alter her wohl wenig mehr als ein Jahr voneinander getrenntes Geschwisterpärchen mit flachsblonden Haaren, das aufmerksam, aber stumm am Tisch gesessen hatte, verlor sich irgendwo in dem großen Haus.

Holthaus wollte mit dem Pastor reden und blieb einfach am Tisch sitzen, womit der wohl gerechnet hatte, denn seine Frau brachte kurz danach eine Kanne Kaffee herein. Wittensen kam ihm heute gelöster, entspannter vor, wirkte auf seltsame Weise viel jünger als gestern oder auch noch am Morgen, und erst jetzt entdeckte er die

Freundlichkeit und Wärme, die auf dem schmalen Gesicht ruhten. Fast tat es Holthaus leid, den Mann wieder mit unangenehmen Fragen angehen zu müssen.

„Was war das für ein Mann, dieser Hinnerk Rensing, wie war das mit ihm, was wissen Sie von ihm?"

Wittensen schaute den Polizisten eine Weile an. Seine Augen irrlichterten nicht mehr wie am Vortag, hielten nun ruhig den Blickkontakt mit seinem Gegenüber.

„So furchtbar viel gibt es da nicht zu erzählen", begann er schließlich zögerlich, „oder vielleicht doch ..." Ihm war anzusehen, daß er in seinem Gedächtnis forschte. Und dann erfuhr Holthaus, was es mit Hinnerk Rensing für eine Bewandtnis hatte. Er war nicht auf der Hallig geboren, vor ungefähr sieben Jahren tauchte er auf, nahm eine kleine Wohnung auf der Obelitzwarft, auf der auch die Schule lag. Er war also ein Zugezogener, ein Fremder, den die Halligleute wie alle Fremden, die bleiben wollten, erst mal mißtrauisch beäugten. Urlaub ja, einen Sommer lang mitarbeiten, kein Problem, das ging leicht, wenn einer was konnte, das gerade gebraucht wurde. Aber bleiben, auf Dauer, richtiger Einwohner von Uthoog werden, vielleicht bei allem mitreden wollen, das war etwas ganz anderes.

Es hieß, er sei mal zur See gefahren, aber ob das stimmte und was er da gemacht hatte, kam nie wirklich raus. Und Hinnerk Rensing tat überhaupt nichts dafür, daß viel über ihn bekannt wurde, denn in einem paßte er ziemlich gut nach Uthoog. Er redete nicht viel, nur das, was unbedingt nötig war. Natürlich wußte der Bürgermeister ein paar Sachen über ihn, denn bei ihm hatte er sich anmelden müssen, die Sachen eben, die nötig waren, wenn man sich irgendwo für längere Zeit aufhalten wollte. Und Bürgermeister Kruse erzählte, was viele verwunderte, auch nicht groß was über Hinnerk Rensing, denn ansonsten konnte der Bürgermeister, wenn er es draufhatte, schon mal ordentlich losplaudern.

Auf der Hallig gab's immer was zu erledigen, was zu arbeiten, und so packte Hinnerk Rensing überall, wenn sich die Gelegenheit ergab, ein bißchen mit an, mal für die Gemeinde, die ihn dafür bezahlte, oft aber holten ihn auch die Leute, nachdem sie ihn kennengelernt hatten, für alles Mögliche auf ihre Warften. So richtig bezahlten sie ihn nicht, jedenfalls nicht offiziell, er aß bei ihnen mit und sicher steckten sie ihm auch öfter Geld in die Joppe, die er fast immer trug. Doch am Geld lag ihm wohl nicht viel, er wäre sicher auch so über die Runden gekommen. Seit zwei Jahren erhielt er außerdem noch eine Rente, über deren Höhe die unterschiedlichsten Zahlen im Umlauf waren, und da Hinnerk Rensing ein Bankkonto auf dem Festland besaß, wußte keiner was Genaues. Aber irgendwie hatte er genug Geld, schon bevor er Rentner wurde, und alle hatten den Eindruck, daß er überhaupt nicht zu arbeiten brauchte. Viele Möglichkeiten zum Geldausgeben gab's auf der Hallig sowieso nicht.

Wittensen hielt inne, schenkte Holthaus und sich selbst vom Wein nach, den seine Frau inzwischen herbeigeschafft hatte. Da sei noch etwas, fuhr er dann fort, nachdem Holthaus weiter schwieg und ihn fragend anschaute. Die Sache mit dem Grab.

Holthaus, vom Wein bereits ein wenig ermüdet, war sofort hellwach und richtete sich auf in seinem Stuhl. Noch bevor er etwas sagen konnte, fuhr Wittensen fort. Das mit dem Grab sei eine Ausnahme gewesen. Hinnerk Rensing habe schon bald ein Grab gekauft, ein Grab auf dem Friedhof, hier an der Kirche, und eigentlich dürften Fremde nicht auf dem Halligfriedhof begraben werden, der gehöre nur den hier geborenen Leuten, also den richtigen Uthoogern. Das habe er Hinnerk Rensing immer wieder gesagt, doch der hätte einfach keine Ruhe gegeben, ihn immer wieder bedrängt und regelrecht angebettelt. Am Ende habe er nachgegeben, abgesehen davon, daß die Kirche das Geld wirklich gut gebrauchen konnte. Die Uthooger waren erbost, als sie davon erfuhren, doch der Bürgermeister hätte sie beschwichtigt und schon ziemlich bald hätten sich alle wieder beruhigt, denn der Hinnerk Rensing sei ja gar kein so übler Kerl, für den könnte man ja vielleicht eine Ausnahme machen, wenn es nur bei diesem einen Grab für einen Fremden bliebe.

Wieder hielt der Pastor inne, stand auf, ging

zum Fenster und sah auf den Friedhof hinab. Holthaus leistete ihm Gesellschaft und stellte sich neben ihn. Eine Zeitlang verharrten die beiden Männer so und betrachteten schweigend das geschundene Gräberfeld. Der hintere Bereich des Friedhofs, wo die Grabstätten von Boye Asmussen und Hinnerk Rensing lagen, blieb unsichtbar, denn er wurde vom Gemäuer des Kirchenschiffs verdeckt. Als sie sich wieder dem Tisch zuwandten, trafen sich ihre Blicke kurz.

Holthaus wartete darauf, daß der Pastor ihm noch mehr über das Grab von Hinnerk Rensing erzählte, die Geschichte vielleicht, die der Bürgermeister andeutete, bevor er Richtung Hansenswarft verschwand. Als der Pastor dazu jedoch keine Anstalten machte, ging Holthaus in die Offensive.

„Hatte Hinnerk Rensing ein bestimmtes Grab gekauft, ich meine, eine genaue Stelle, an der er begraben werden wollte?"

Wittensen schüttelte den Kopf. „Nein, keine bestimmte Stelle, er erwarb nur ein Grab, ein Grab auf unserem Friedhof. Über eine bestimmte Stelle hat er nie gesprochen, warum auch, unser Friedhof ist überall schön." Der Pastor lächelte verlegen und hüstelte. „Soweit ein Friedhof schön sein kann."

„Wer hat denn das Grab ausgesucht, als er starb?"

„Ich habe den Ort, die Stelle bestimmt, an der das Grab für ihn ausgehoben wurde."

„Gleich neben einem vorhandenen Grab. Dort liegt noch ein Mann, wie heißt er noch?" Holthaus fiel der Name nicht ein, den der Bürgermeister genannt hatte.

„Boye Asmussen. Das ist Boye Asmussens Grab."

„Wann starb dieser Mann, wie lange gibt es dieses Grab denn schon?"

Holthaus entging nicht, wie sehr seine Fragen den Pastor verwirrten.

„Etwas mehr als ein Jahr ist das Grab alt, vielleicht vierzehn oder fünfzehn Monate", antwortete Wittensen und schien angestrengt nachzudenken, „ich kann nachschauen, wann Boye Asmussen beerdigt wurde."

„Warum ließen Sie das Grab von Hinnerk Rensing gerade dort anlegen, ich meine, warum neben Asmussens Grab?"

Überrascht sah ihn Pastor Wittensen an.

„Sicher gab es doch noch andere Plätze für ein Grab auf Ihrem Friedhof." Als Holthaus bemerkte, wie sehr sich der Mann zu einer Antwort durchrang, kam er ihm zu Hilfe. „Sicher Zufall, oder? Einfach so ausgesucht, irgendwo sollte er ja in die Erde", setzte er aufmunternd hinzu.

Wittensen schüttelte wieder den Kopf. „Nein, es war kein Zufall. Die Stelle dort ist schön, etwas rückwärts gelegen, ganz ruhig ist es dort. Da stehen die meisten Bäume und wenn sie Laub tragen, rauscht der Wind häufig in den Blättern. Und Schatten spenden sie auch, es ist irgendwie ein besonderes Licht dort. Es hätte Hinnerk Rensing bestimmt gefallen, das Grab hätte ihm gefallen. Aber jetzt, wo man ….."

„Was hat es denn damit auf sich", unterbrach ihn Holthaus, „daß er vielleicht ausgerechnet an dieser Stelle gar nicht hätte begraben werden wollen? Der Bürgermeister machte da so eine Andeutung. Wissen Sie etwas darüber, was meinte der Bürgermeister damit?"

Wittensen atmete tief durch.

„Da übertreibt aber Herr Kruse doch sehr stark. Es gab wohl mal etwas Ärger zwischen Herrn Asmussen und Herrn Rensing, davon erfuhr ich aber erst, nachdem Herr Rensing bereits begraben worden war. Nichts Ernstes, sie stritten irgendwann mal über Strandgut. Eine Lappalie, nichts wirklich Ernstes. So etwas kommt beinahe nach jedem Landunter bei den Leuten vor, wenn alle loslaufen und nach verwertbaren Dingen Ausschau halten, die das Wasser angeschwemmt hat. Am Ende regelt sich das alles zwischen den Leuten ohne Streit, mal ist der eine dran, dann der andere, mal hat der eine einen Vorteil, mal der andere, verstehen Sie?"

„Woran und wo ist Herr Rensing gestorben?"

Der Pastor schien erleichtert, daß Holthaus das Thema verlagerte.

„Sein Herz muß plötzlich ausgesetzt haben, ohne vorherige Anzeichen einer Krankheit."

„Wo und wann passierte es?"

„Am Westrand, er ging dort zumeist her, wenn

er zur Hansenswarft wollte, zum Halligkaufmann oder einfach nur so. Die Strecke ist ein bißchen weiter als über die Straße, doch Zeit hatte er genug, Zeit haben wir alle hier genug. Meistens jedenfalls."

„Und wann passierte es?"

„Um die Mittagszeit, an einem Freitag." Wittensen legte die Stirn in Falten. Er besann sich, sein Kopf fuhr herum, mit ausgestrecktem Arm wies er auf den Wandkalender neben der Tür. „Hier, es war am 10. Oktober, hier, sehen Sie nur, ein Freitag."

Es gab keinen Arzt auf Uthoog, vernahm Holthaus dann weiter, nur einen Sanitäter, und der lief dann auch gleich los, nachdem der Halliglehrer ihn alarmiert hatte. Allerdings war es bereits ein Weilchen her, daß Thies Henningsen endlich mal wieder aus lauter Langeweile aus einem Fenster des Klassenzimmers schaute und in der Ferne die reglos im Gras hingestreckte Gestalt wahrnahm. Seine drei Schüler sprangen gleich aufgeregt auf die Tische, um auch was von der Sache mitzukriegen. Doch zu helfen gab's nichts mehr. Als Hauke Bannick heftig atmend bei Hinnerk Rensing anlangte, gab der keinerlei Lebenszeichen mehr von sich, er sah aus wie tot, fühlte sich an wie tot, da kannte sich der Sanitäter aus und deshalb hörte er schon bald mit den Wiederbelebungsversuchen auf. Man brachte Hinnerk Rensing in seine Wohnung auf der Obelitzwarft, gleich neben Thies Henningsens Lehrerhaus, und packte ihn in sein noch von der letzten Nacht zerwühltes Bett.

Mit dem nächsten Schiff kam anderntags ein Doktor vom Festland herüber, nicht der alte Dr. Jensen, den alle kannten, sondern ein junger Arzt vom Kreiskrankenhaus, der aufgeregt seine Arzttasche schwenkte. Hinnerk Rensing war wirklich tot, da gab's nichts zu deuteln, und der junge Mediziner füllte sorgfältig den Totenschein aus, von dem er dem Pastor eine Ausfertigung gab; auch der Bürgermeister erhielt eine für seine Unterlagen, damit alles seine Ordnung hatte. Nach zwei Tagen, bei denen der eine oder andere mal auf der Obelitzwarft nach Hinnerk Rensing sehen kam, fuhren ihn ein paar Leute zur Kirchwarft, wo er dann in dem kleinen Totenhäuschen an der Rückseite der Kirche seine letzte Nacht verbrachte, bevor er am nächsten Tag, einem Dienstag, beigesetzt wurde.

Es war ein ziemlich einfaches Begräbnis; drei Blumensträuße, ein Kranz von der Gemeinde. Auf dem Sarg, von dem keiner so recht wußte, wer ihn bezahlte, lag eine Fahne, von der auch niemand eine Ahnung hatte, was sie bedeutete und wo sie herkam. Es gab keinen Leichenschmaus, doch alles, was laufen konnte, war gekommen und stand stumm ums Grab herum und lauschte, was der Pastor über Hinnerk Rensing zu erzählen hatte.

„Und Sie sind sich absolut sicher, daß der Tote im Sarg war, als der in der Erde verschwand?"

fragte Holthaus, nachdem Wittensen sich nach seinem langen Vortrag erschöpft zurücklehnen wollte.

„Ja, ganz sicher, ganz sicher war Hinnerk Rensing im Sarg!"

Als Holthaus nicht sogleich etwas sagte, sprach Wittensen hastig weiter: „Sönke Behrendsen hat den Sarg über dem Toten verschlossen, hat den Sargdeckel mit sechs Schrauben befestigt, und als er das tat, als er den Sargdeckel auf den offenen Sarg legte, sah er bis zuletzt den Toten darin, das hat er mir mehrmals hoch und heilig versichert. Er wollte es sogar beschwören, stellen Sie sich das vor, stellen Sie sich das mal vor!" Pastor Wittensen beugte sich nach vorne und blickte Holthaus erregt an. „Einen Eid wollte er darauf leisten, einen Eid!"

Regen schlug gegen die Fenster, der Himmel hatte sich eine Spur verdüstert. Unüberhörbar pfiff der Wind ums Haus, und wenn Holthaus sich in seinem Stuhl aufrichtete, sah er, wie sich die Spitzen der Bäume bogen.

„Und wie erklären Sie sich dann, daß genau dieser Sarg leer gewesen sein soll, als er bei der Sturmflut aus dem Grab geholt wurde, schon leer gewesen sein soll, als er über den Friedhof trieb und der Sargdeckel weggerissen wurde?"

Nun ergriff Wittensen die gleiche Verzweiflung, die Holthaus bei ihm bereits am ersten Abend entdeckt hatte, sofort zeigten sich scharfe Falten um die schmalen Mundwinkel und in der

50

sonst glatten, auffallend weißen Stirn, besonders aber oberhalb der Nasenwurzel, wo sie sich wie ein kleiner Fächer zusammenzogen.

„Ich weiß es nicht", stammelte er, „ich weiß es nicht." Seine Stimme wurde immer leiser. „Ich habe keine Erklärung dafür." Wie um Hilfe suchend schaute er den Polizeibeamten an, als ob er sich von diesem die Auflösung des rätselhaften Geschehens erhoffte. Doch Holthaus wußte jetzt auch nicht weiter, stand auf und ging wieder ans Fenster und starrte auf den Friedhof hinab.

Rensings Grab war aus der Wohnung des Pastors nicht einsehbar, vielleicht hatte ihn die Flut bereits aus dem Sarg geholt, bevor dieser ins Blickfeld des Pastors kam. Noch mit dem Deckel oben drauf, halbwegs noch intakt, vielleicht an der Seite zersplittert und aufgerissen, eine Öffnung freigebend, die für den Toten groß genug war und die Wittensen in seiner Aufregung nicht bemerkt hatte. Oder die er vom Fenster aus gar nicht sehen konnte.

Holthaus wollte sich den Sarg noch genauer vornehmen, obwohl der wirklich ziemlich zerschlagen aussah und er sich keine wirklich neuen Erkenntnisse davon versprach. Mit gefurchter Stirn kehrte er an den Tisch zurück.

„Wie war das noch an dem Tag, als die Flut den Friedhof überspülte, um welche Uhrzeit passierte das mit Rensings Grab, wann wurde der Sarg aus dem Grab gespült?"

„Nachmittags, das war am Nachmittag."

„Was war das überhaupt für ein Tag, ich meine, welcher Wochentag, welches Datum? Wissen Sie das so aus dem Kopf?"

Wittensen mußte nicht lange überlegen. „Das weiß ich ganz genau", antwortete er und für Sekunden hatte es den Anschein, als ob ihn eine Gänsehaut überlief, „es war Freitag, der 7. November, als diese Springflut kam. Nie, nie werde ich das vergessen."

„Wissen Sie vielleicht noch, wieviel Uhr es da war?" fragte Holthaus geduldig weiter.

„Nachmittags um vier Uhr, ja, so gegen vier Uhr ist es gewesen."

Holthaus gab keine Ruhe, wollte mehr wissen.

„Man kann den Fluthöchststand doch anhand des Tidenkalenders rekonstruieren. Haben Sie einen Tidenkalender?"

Wittensen betrachtete Holthaus verwundert.

„Ist das so wichtig?" fragte er dann, „warum ist das so wichtig, wann das Wasser am höchsten stand?"

Aus einer Schublade mit sauber angeordnetem Inhalt zog er ohne längeres Suchen ein Faltblatt hervor, reichte es Holthaus, ohne selbst hineinzusehen.

Natürlich ging es nicht exakt um die Minuten, in denen die Flut nach den Vorausberechnungen ihren Höchststand erreicht haben sollte, Holthaus brauchte es nicht mal auf eine Viertelstunde genau zu wissen. Dabei lag der Pastor nicht mal so falsch, was das Hochwasser anging, denn der

Tidenkalender wies zwanzig Minuten nach vier Uhr nachmittags für diesen Tag als Wasserhöchststand aus, wobei damit natürlich das mittlere Hochwasser gemeint war, denn Tidenkalender wurden lange im voraus nach dem Stand des Mondes berechnet. Orkane und die von ihnen bewirkten Sturmfluten kann beim besten Willen keiner vorhersehen. Holthaus ging es darum, welches Tageslicht wohl herrschte, als der Pastor den Vorfall mit dem leeren Sarg beobachtet haben wollte. Erneut trat er ans Fenster, sah auf seine Uhr, die kurz nach drei zeigte. Wittensen war ihm auf dem Fuße gefolgt. Der Himmel hatte sich schon merklich eingetrübt. Graue Wolken, soweit das Auge reichte, und obwohl nicht mal richtig düstere, schwarze darunter waren, wie Holthaus sie bei der fraglichen Springflut nicht ausschloß, lag über dem Friedhof mit seinen Büschen und Bäumen bereits ein diffuses Licht.

Klar, sie waren jetzt schon ein paar Tage weiter im Kalender, dafür war es aber auch noch eine ganze Stunde hin bis zu der Uhrzeit, als sich die Geschichte mit dem Sarg zugetragen haben sollte. Wahrscheinlich hatten dem Pastor wirklich die Nerven einen argen Streich gespielt, wahrscheinlich hatte er sich das Ganze im Strudel der Ereignisse, im Angesicht der wütenden See, die nicht nur den Friedhof, die Toten und seine Kirche, sondern auch sein Leben und das Leben seiner Familie bedrohte, in höchster Angst nur eingebildet.

Holthaus warf einen schrägen Blick rüber zu Wittensen, der immer noch neben ihm am Fenster stand und gleichfalls auf den Friedhof hinunterstarrte. Gut möglich, daß den Pastor erste Zweifel zu quälen begannen, ob er sich nicht doch in seinen Wahrnehmungen an jenem schrecklichen Tag geirrt haben könnte.

Im Innern der Kirche schaute es schlimmer aus, als Holthaus von außen vermutet hatte. An Gottesdienst war wohl für Monate nicht mehr zu denken. Wittensens Augen glänzten verdächtig, als er sich an den Stufen des Altars umwandte, bis zu dem hin sich die noch immer feuchte, nur teilweise angetrocknete graue Schlammschicht erstreckte. Einige der Bänke standen schief oder waren zerbrochen. Stumm und hilflos breitete Wittensen die Arme aus. Völlig unpassend hierzu fiel Holthaus der Film mit Fernandel in der Rolle des Don Camillo ein, jenes rabiaten Pfarrers, der ganz ähnlich die Arme ausgebreitet hatte, mehrfach, aber zu gänzlich anderen Anlässen, und der sich im Zweifel mit den Fäusten durchschlug, zu dem der friedfertige Halligpastor sicher niemals imstande wäre. Es lag etwas Rührendes in dieser kurzen, stillen Armbewegung des Pastors, und Holthaus empfand in diesem Moment ein starkes Mitgefühl für den Mann.

Das Grab von Rieke Bengtsen, das ziemlich nahe am Eingang zur Kirche lag, war ohne große Blessuren davongekommen. Nur zuoberst fehlte ein paar Zentimeter Erde, so daß die Konturen der

Graböffnung zu erkennen waren. Wittensen hatte wohl auch hier weit Ärgeres befürchtet, entnahm Holthaus seinem etwas weniger angespannten Gesichtsausdruck.

Aus dem Zustand des zerstörten Sarges samt Deckel ließ sich tatsächlich nichts weiter ablesen, was in der Angelegenheit weitergeholfen hätte. Holthaus befaßte sich deshalb auch nur noch kurz damit und informierte dann dem Pastor, daß er ihn für seine weitere Arbeit nicht mehr brauche und er damit verfahren könne, wie es ihm beliebe.

Die Telefonverbindung mit Jochimsen klappte nach dem dritten Anlauf ohne große Störungen. Im ungeheizten Flur des Pastorats, auf halbem Weg zur Treppe, klebte der schwarze Apparat an der Wand. Jochimsen schien auf seinen Anruf gewartet zu haben.

„Na endlich", legte er gleich energisch los, kaum daß das Gespräch zustandgekommen war, „endlich, Holthaus, endlich! Wie sieht's aus bei Ihnen, konnten Sie etwas herausbekommen? Erzählen Sie. Was hat es auf sich mit diesem verschwundenen Toten, was ist los auf der Hallig? Sind Sie weitergekommen?"

Dann hörte Jochimsen zu, minutenlang, ohne einmal zu unterbrechen, eine Eigenschaft, die Holthaus an seinem Vorgesetzten sehr schätzte. Obwohl er sich leise zu sprechen bemühte, was Jochimsen mitunter mit „sprechen Sie doch lauter" quittierte, ging Holthaus davon aus, daß der Pastor oder seine Frau oder auch beide mitkriegten, was er in dem widerhallenden Flur ins Telefon sagte, auch wenn alle Türen geschlossen waren. Somit beschränkte er sich bei seiner Schilderung nur auf das Allernotwendigste, hielt seine eigenen Wertungen und Schlußfolgerungen zurück und gab im Grunde nur das von sich, was er vom Pastor gehört hatte, ohne seine erwachten Zweifel an dessen Darstellung mitzuerwähnen. Auch von der Version des Bürgermeisters berichtete er nichts.

„Gut, gut", beschied ihm Jochimsen zum Schluß, „bleiben Sie dran, Holthaus, bleiben Sie dran. Und rufen Sie mich morgen wieder an, rufen Sie mich jeden Tag an, hören Sie? Jeden Tag. Und bleiben Sie so lange auf der Hallig, wie Sie glauben, daß es nötig ist. Sie haben freie Hand, zeigen Sie, was in Ihnen steckt."

Einen Augenblick schwieg die Telefonleitung. Dann war Jochimsen wieder zu vernehmen: „Aber ewig wird es doch wohl auch nicht dauern, oder? Die Nordsee war's, die See, die hat ihn geholt, das liegt doch auf der Hand, da stimmen Sie mir doch sicher zu, oder? Schauen Sie sich den Pastor genau an, Holthaus. Der hat wahrscheinlich durchgedreht, hat Gespenster gesehen, was ja fast verständlich ist bei dem, was der arme Kerl durchgemacht hat, oder? Sie sagen nichts, Holthaus? Er hört jetzt mit, oder?"

Ohne Holthaus' Antwort abzuwarten, beendete Jochimsen das Gespräch abrupt, jedenfalls vernahm Holthaus gleich darauf das Besetztzeichen im Hörer.

Als er sich auf den Weg zur Hanseswarft machte, eine halbe Stunde vor der Zeit, zu der er sich mit dem Bürgermeister treffen wollte, herrschte bereits eine Düsternis, wie Holthaus sie nicht erwartet hatte. Wolken schirmten, so schien es, den Sternenhimmel hermetisch ab, sie hingen wie ein schwarzes, alles verhüllendes Dach über der Hallig. Und obwohl er sich rechtzeitig bei noch halbwegs passabler Sicht von der Anhöhe der Warft aus den einzuschlagenden Weg angesehen und einzuprägen versucht hatte, überfiel ihn, als er schließlich losging, die Dunkelheit mit Macht, kaum daß er von der Warft herunter war. Wittensens Lampe, die dieser ihm in die Hand gedrückt hatte, erwies sich rasch als unentbehrlich und schon bald hoffte er inbrünstig, daß sie unterwegs nicht ausfiel, denn hin und wieder flackerte sie beunruhigend.

Ringsum glühten in der Dunkelheit Lichter der unterschiedlichsten Art, deren Entfernung Holthaus nicht annähernd abzuschätzen vermochte, die jedoch bereits durch ihre schiere Anzahl wohl kaum alle der Hallig zuzuordnen waren. Ebenso konnten sie zu den nahen Inseln gehören, doch genausogut von den zahlreichen Sandbänken stammen, die das Wattenmeer durchzogen und oft schon kleinen, unbewohnten Halligen glichen.

Der hellste Punkt in der Ferne, eine größere Ansammlung von Lichtern, war die Hanseswarft, das wußte Holthaus, das hatte er sich noch am Fuß der Warft angesehen, dieses Ziel wollte er unter keinen Umständen aus den Augen verlieren.

Von den vielen Prielen bemerkte er zunächst gar nichts, und wenn er die Lampe ausmachte, so konnte er nur mit Mühe die Straße unter seinen Füßen erkennen, denn sie war schwarz wie die Dunkelheit rundherum. Im Lichtkegel der Lampe kam er einigermaßen voran, redete sich ein, daß er auf diese Weise, wenn er sich vorsichtig und nicht zu schnell bewegte, weder ins offene Wattenmeer gelangen noch in einen der Priele fallen konnte, deren dunkle Wasserfläche er nun manchmal zu fassen kriegte, wenn er zur Seite leuchtete.

Zwar blies ihm ein starker Wind entgegen, doch zu einem Sturm taugte er nicht und viel mehr war auch für den Abend und die kommende Nacht nicht zu erwarten, wie ihm der Pastor glaubhaft versichert hatte. Hinter ihm war von der Kirchwarft nur noch ein schwaches Licht zu erkennen, das unruhig flimmerte, wohl durch die Bäume verursacht, die der Wind vor den Fenstern des Pastorats zerzauste.

Langsam wuchs die Helligkeit der Hansenswarft auf Holthaus zu, er kam ihr näher und näher, und obwohl er keinerlei Beziehung zu dem künstlich aufgeworfenen Erdhügel und ihren Bewohnern hatte, verspürte er den heftigen Drang, sein Ziel so bald wie möglich zu erreichen. Für Sekunden schoß ihm der Gedanke durch den

Kopf, daß er bei einem ganz plötzlichen, überraschenden Landunter wohl keine Chance hätte, eine der rettenden Warften zu erreichen, obwohl er nicht wußte, mit welcher Geschwindigkeit das Wasser über die Hallig strömte, nachdem es den niedrigen Sommerdeich erst einmal überwunden hatte.

Kruse erwartete ihn bereits, hatte mit kreisenden Bewegungen einer Lampe auf sich aufmerksam gemacht und lotste ihn zu einem der Durchgänge, die ins Innere der Warft führten, die ziemlich verlassen wirkte. Dabei war sie die größte Warft der Hallig, hatte die meisten Häuser, von denen einige jetzt keinerlei Licht aufwiesen. Holthaus empfand unbeleuchtete Häuser in dunkler Umgebung immer als bedrohlich. Im Dienst hatte er genügend Erfahrungen mit ihrem Anblick gesammelt und es waren häufig keine angenehmen.

Der „Seelöwe" leuchtete jedoch hell aus seinen kleinen Fenstern, und Kruse hielt sich nicht lange mit Formalitäten auf und steuerte den Eingang auf direktem Wege an. Holthaus staunte nicht schlecht, als er durch die niedrige Tür hinter dem Bürgermeister in den Gastraum trat und die vielen Leute wahrnahm, die dort saßen. Nur ein Tisch war noch freigeblieben, und der schien für Kruse reserviert zu sein. Holthaus konnte sich nicht an irgendein Geräusch erinnern, das er von außen gehört hatte, als sie sich dem Haus näherten. Es erweckte den Anschein, als ob die Menschen ihr Kommen erwartet hatten und in Schweigen verfallen waren, sobald man mit ihrem Erscheinen rechnen mußte. Wenn überhaupt, wurde halblaut geredet, oft auch nur geflüstert.

In die Stille gab Kruse ein vernehmliches „Moin" von sich, der Friesengruß für alle Tageszeiten, selbst für nächtliches Aufeinandertreffen, was ein vielfach gemurmeltes Echo dieses Grußwortes auslöste. Er hatte, was er Holthaus unumwunden eingestand, die Leute über seine Verabredung mit dem Polizeibeamten informiert, eigentlich nur wenige, doch die Nachricht war wie ein Feuer von Warft zu Warft übergesprungen. Kruses Tisch stand in der äußersten Ecke des Raumes, zu den Fenstern hin, und obwohl noch Stühle frei waren, setzte sich niemand zu ihnen.

Holthaus' Versuch, das Gespräch vom Mittag fortzusetzen, kam nur zäh in Gang. Kruse wirkte abgelenkt, gab sich keine sonderliche Mühe, leiser zu sprechen, als er allmählich in Fahrt kam und vom Streit zwischen Boye Asmussen und Hinnerk Rensing erzählte. Immer wieder sah er zu den Leuten rüber, die zwar auch manchmal ein bißchen miteinander redeten, aber in erster Linie wohl mitkriegen wollten, was der Bürgermeister mit dem Polizisten zu besprechen hatte.

Die Sache mit Boye Asmussen und Hinnerk Rensing war wohl doch anders gelaufen, als Pastor Wittensen erklärt hatte, der es vielleicht auch gar nicht besser wußte. Es ging bereits etliche Zeit so, daß die beiden sich immer wieder mal in die Haare gerieten. Das mit dem Strandgut war eigentlich ein Dauerthema bei ihnen, sie kannten die besten Plätze, wo am ehesten was Brauchbares angeschwemmt wurde. Dazu mußte man sich mit dem Watt auskennen, das sich ständig veränderte, mal hier, mal da einen Meter tiefer wurde oder auch mal flacher. Die beiden trieben sich deshalb oft an den entsprechenden Stellen herum, erst recht, wenn erneut ein Landunter bevorstand oder die Hallig dabei war, wieder leerzulaufen. Selbst mit den Fäusten waren sie schon aufeinander losgegangen, und da Boye Asmussen ein Baum von einem Mann war, hatte der eher schmächtige Hinnerk Rensing dabei natürlich immer schlechte Karten.

Freunde waren sie ganz bestimmt nicht und entgegen Boye Asmussen, dem das alles nichts anzuhaben schien, litt der im Grunde seines Herzens friedfertige Hinnerk Rensing wie ein getretener Hund unter den Streitereien, die fast immer von Boye Asmussen ausgingen und die sich fortsetzten, wo und wann immer die beiden sich begegneten. Dabei lagen ihre Warften eigentlich weit genug auseinander, daß sie sich nicht ständig auf die Füße treten mußten. Von der Olsenswarft, der östlichsten Warft, auf der Boye Asmussen in einer der hinteren Reetdachkaten unterm Dach hauste, waren es immerhin gute drei Kilometer bis zu Hinnerk Rensings Bleibe auf der Obelitzwarft.

Alle wußten von dem Zank zwischen den beiden, bekamen auch mit, wie Hinnerk Rensing

sich damit abquälte und immer mehr in sich zu-
sammensackte, doch keiner rührte einen Finger,
um den Streit zu schlichten und erst recht kümmerte sich niemand um den armen Hinnerk Rensing, der irgendwann daran zerbrochen wäre, hätte es da nicht doch eine einfühlsame Seele gegeben, deren Herz sich für ihn auftat. Das war die
alte Merle von der Ivertsenswarft, der unschein-
barsten, der schmucklosesten von allen Warften,
Merle Jonasson. Sie war wirklich ziemlich alt,
war schon ein paar Jährchen über die Achtzig
hinaus. Nur einmal in ihrem ganzen Leben hatte
sie die Hallig verlassen und das war für die Ge-
burt ihres einzigen Kindes, eines Jungen, der
schon kränklich auf die Welt kam und den sie
dann zum Friedhof bringen mußte, noch bevor er
in die Schule kam. Ihren Mann nahm ihr die See,
er fuhr als Steuermann auf einem Massengut-
frachter und ging mit drei weiteren Besatzungs-
mitgliedern vor der kanadischen Ostküste in einem üblen Wintersturm über Bord. Das lag nun
bereits Ewigkeiten zurück, und seitdem wohnte
Merle auf der Ivertsenswarft allein in dem Haus,
das ihr noch der Mann gebaut hatte und das längst
schon über ihr zusammengefallen wäre, wenn
nicht immer mal wieder ihr Großneffe vom Festland sich darum gekümmert hätte.

Zu ihr trieb es Hinnerk Rensing in seinem
Kummer immer wieder hin, nachdem sie ihn zu
sich gewunken hatte, als er wieder einmal an der
Ivertsenswarft vorbeistrich. Von da an brannte im

Haus von Merle das Licht oft bis spät in die Nacht und sogar mitunter bis zum Anbruch des neuen Tages. Für Heimlichkeiten waren Halligen noch nie der richtige Ort, warum sollte das auf Uthoog anders sein? Überall reichte der Blick bis zum Horizont, und wenn's schon nicht mehr die eigenen Augen schafften, half der Feldstecher aus und davon gab's auf jeder Warft sicherlich in jedem Haus mindesten einen.

Genächtigt hat Hinnerk Rensing aber nie auf der Ivertsenswarft, da gab's kein Vertun. Irgendwie hatten sich die beiden arrangiert; Essen, ja, Kaffee, ja, Kuchen, ja, mal einen Köm oder einen Rum oder auch ein Glas Grog oder Teepunsch, alles in Maßen, ja. Aber gemeinsam im Bett gelegen haben die beiden nie, da waren sich alle einig, denn sie kannten doch Merle. Das hätte sie nie gemacht, nicht mal auf der Couch in der guten Stube hätte Hinnerk Rensing sich zusammenrollen dürfen. Nein, er zog am Ende wieder los zu seiner Obelitzwarft, wenn sie genug voneinander gehabt hatten an dem Tag, egal, ob es wie aus Kübeln goß, schneite oder der Sturm den Armen beinahe von der Straße runterblies.

Alle fanden, daß es für die beiden wirklich das Beste wäre, wenn sie richtig zusammenwohnten. Sie mußten ja auf ihre alten Tage nicht noch heiraten, das verlangte ja keiner, aber gemeinsam unter einem Dach auf der Ivertsenswarft, auf Dauer, das wäre doch ganz gediegen, das bekäme doch beiden ganz bestimmt ganz famos. Doch da war nichts zu machen; mit Merle sowieso nicht und ob Hinnerk Rensing am Ende tatsächlich auf die Ivertsenswarft gezogen wäre, wenn Merle ihn gelassen hätte, da waren sich die Uthooger gar nicht so sicher.

Als Boye Asmussen dann starb, zündete Hinnerk Rensing zwar keine Freudenfeuer an, aber er atmete sichtbar auf, was keinem entging, er wirkte wie von einer Tonnenlast befreit, streckte das Kinn unternehmungslustig nach vorn und sprang wieder umtriebig umher wie in frühen Tagen und ging allen zur Hand, die nach ihm riefen. Und Merle blieb er treu, auch wenn er jetzt von Boye Asmussen nichts mehr zu befürchten hatte, der auf dem Friedhof tief genug vergraben lag.

Das Licht in ihrem Haus brannte genauso lange wie vorher, und die Leute von den Warften, an denen er nun mal vorbei mußte auf seinem Heimweg, die Vollertswarft, die Laurenzwarft und Meddelmit, die zusammengehörten, weil sie so dicht beieinander lagen, bekamen oft genug mit, wenn er, egal, welches Wetter herrschte, wieder Kurs auf seine Heimatwarft nahm.

Es war sogar vorgekommen, daß der Halliglehrer seine drei Pennäler kaum von den Fensterscheiben wegkriegte, an denen sie sich die Nasen plattdrückten, wenn Hinnerk Rensing die Warft wieder mal nicht an der Rückseite, sondern geradewegs Richtung Klassenzimmer hochstapfte, zu einer Uhrzeit, in der sich die Schule im vollen Unterrichtsbetrieb befand. Dabei schätzte es just

Thies Henningsen überhaupt nicht, wenn sein Lehrplan samt den ihm anvertrauten Schützlingen auf diese Weise aus dem Tritt geriet. Seine Frau ging da viel nachsichtiger mit dem Heimkehrer um, und kam der an ihrem Fenster vorbei, gab's auch schon mal einen verspäteten Morgenkaffee. Vor ihr hatte Hinnerk Rensing großen Respekt, schließlich war sie eine Frau Doktor, keine Ärztin, nein, das war sie nicht, sie hatte irgendwas mit Erdkunde und Heimatkunde zu tun, wußte eine Menge über die Entstehungsgeschichte der Halligen und Inseln und so weiter, deshalb führte sie auch im Sommer die Touristen quer über die Hallig und erklärte ihnen alles. Sie war nicht auf der Hallig geboren, zugezogen wie er selbst, ihr Mann übrigens auch, der stammte von einer der Nachbarinseln. Das mochte Hinnerk Rensing an den Henningsens, das gefiel ihm.

Kruse machte eine Pause, nippte an seinem Kaffee, hatte bislang nichts gegessen, während er erzählte. Holthaus hingegen hatte sich Matjes und Krabben kommen lassen und war von der Größe der Portionen überrascht worden, mit denen er sich noch abmühte. Essensgeruch waberte durch den Raum, vermischt mit Tabaksqualm, der sich um die Lampen drehte.

An fast allen Tischen wurde gegessen und klimperten Besteck und Gläser, doch große Gespräche kamen nicht auf. Holthaus wurde den Eindruck nicht los, daß alle sich nach wie vor bemühten, wenig Lärm zu veranstalten, um nichts zu verpassen, was am Bürgermeister-Tisch ablief.

Von sämtlichen Warften waren Leute erschienen, faßte Kruse nach erneuter Rundumsicht zusammen, natürlich nicht alle, was ja ganz natürlich wäre, um sich sogleich zu verbessern, daß von der Ivertsenswarft keiner gekommen war; Merle Jonasson sei auf ihrer Warft geblieben, was man ja verstehen könnte, denn so gut zurecht sei sie sowieso nicht mehr und außer ihr wohnte da im Augenblick auch niemand. Gäste wären keine da um diese Zeit, die Ferienwohnungen stünden alle leer und Marieke, die sie vermiete, sei mit ihrem Mann seit längerem auf dem Festland unterwegs.

„Das muß ja ein herber Verlust für die alte Dame gewesen sein, als dieser Hinnerk plötzlich starb und wegblieb", stellte Holthaus fest, „auf einmal wieder ganz alleine. Sie muß doch immer noch darunter leiden, denn so lange ist das alles doch noch nicht her. Nur wenige Wochen."

„Jo, dat jo, aver so decht wöörn de biden nu ok wedder nech tosamen west", merkte Kruse in beschwichtigendem Tonfall an, „kloor, fideeler es de Deern dordör nech worn." Kaum hatte er den Satz herausgebracht, schien es ihm bereits leidzutun, so respektlos dahergesprochen zu haben. Einige der Leute an den Nachbartischen lachten. Er bemühte sich dann, nicht mehr so stark in seinen Dialekt zu verfallen, obwohl Holthaus ihn bisher ziemlich gut verstanden hatte.

„Klar, die gute Merle hätt' ihn gern noch 'n bißchen um die Ohren gehabt", fuhr Kruse fort, „aber damit ist es jetzt aus. Aus und vorbei."

Doch Merle Jonasson trug's mit Fassung, erfuhr Holthaus dann weiter, Halligfrauen seien zäh, die fielen nicht gleich um, wenn's mal dicker käme und Merle Jonasson schon gleich gar nicht. Klar, sie traure dem Hinnerk Rensing noch nach, aber das gäbe sich wieder, schließlich sei sie ja nicht mit ihm verheiratet gewesen, er hätte ja nicht mal bei ihr übernachten dürfen. Also, um die Merle müsse man sich keinen Kopf machen. Kürzlich habe er sie schon ein Liedchen pfeifen hören, ganz kurz nur, nicht laut, aber immerhin.

Es war inzwischen merklich leiser im Raum geworden, die Esserei hatte aufgehört, die Leute saßen vor blanken Tischen, nur noch eine Flasche oder ein Glas vor sich. Der Bürgermeister räusperte sich, stand auf und hielt so etwas wie eine Ansprache. Er erzählte die Geschichte, die alle bereits zu kennen schienen, die Sache mit Hinnerk. Und indem er auf Holthaus zeigte, wies er darauf hin, daß die Polizei sich darum kümmern müßte, das sei ja klar, auch wenn es da nichts zu ermitteln gäbe, denn der gute Hinnerk sei durch die verdammte Flut einfach aus dem Sarg geholt worden, in dem er vorher ganz, ganz sicher gelegen hätte, da gäb's nichts zu deuteln, außerdem hätten sie doch die ganze Hallig abgesucht nach ihm, der Hinnerk sei weg, der sei weg für immer, der sei schon auf dem Weg zum Herrgott, und wer jetzt noch was fragen wollte, der sollte sich gefälligst melden.

Es gab nur wenige Fragen und als die erste an den Polizisten gerichtet wurde, stand Holthaus auf und stellte sich vor. Der noch junge Polizeibeamte hatte selten vor so großer Zuhörerschar gesprochen und brauchte ein paar Sätze, um seine Nervosität zu verlieren. Erst recht, weil er wußte, daß er es mit Halligleuten zu tun hatte, mit Nordfriesen, und daß er seine Worte sorgfältig abwägen mußte, um ernstgenommen zu werden, schon deshalb, weil er vom Festland kam.

Wonach er denn jetzt hier auf der Hallig suche, wollte ein Mann wissen, der sich ziemlich bald gemeldet hatte. Den Hinnerk habe sich die See geholt, das wär' ja nicht zum ersten Mal passiert, da sollte er beim Pastor mal die dicken Bücher wälzen, und beim Hinnerk sollte man besser an rein gar nichts mehr dran rühren, vielleicht wär' das ja alles so was wie eine Vorbestimmung, er wär' ja immerhin ein paar Jahre Seemann gewesen, mit Kap Hoorn und so.

Als der Mann schwieg, machte sich Gemurmel breit, das Holthaus als Zustimmung empfand. Er stand immer noch neben dem Tisch und blickte auf die Leute und schaute nur in Gesichter, niemand kehrte ihm den Rücken zu, alle Stühle waren zu ihm hin gedreht worden.

Mit der vorsichtig angedeuteten Überlegung, der Sarg könnte womöglich bereits vor der Flut leer gewesen sein, kam er überhaupt nicht an, das merkte Holthaus überdeutlich, erntete nur laute

Proteste und heftiges Kopfschütteln. Er hörte den Namen des Pastors fallen, man schien genau Bescheid zu wissen, und wenn jemand von Wittensen sprach, wurden die Gesichter nachsichtig und milde, ja, geradezu liebevoll verklärt. Was der arme Mann alles durchgemacht habe, da könnte doch jeder schon mal den Verstand verlieren, für kurze Zeit jedenfalls.

Damit war offensichtlich die Angelegenheit mit dem leeren Sarg für alle geklärt, und auch Holthaus' Zweifel an der Darstellung des Pastors wuchsen weiter.

Was denn nun mit Hinnerks Grab passiere, wenn der nicht drinliege, rief eine Frau von hinten über die Köpfe hinweg. Der Bürgermeister fühlte sich angesprochen, bedeutete Holthaus mit einer leichten Handbewegung, daß er sich ruhig wieder hinsetzen könnte und tat kund, daß das die Gemeinde nichts angehe, dafür sei die Kirche zuständig, da habe er, Kruse, nichts zu sagen. Das müsse Pastor Wittensen ganz allein entscheiden, denn bei ihm habe Hinnerk sein Grab gekauft. Und ob da nun einer im Grab drin sei oder nicht, das sei doch auch überhaupt nicht so wichtig.

„Regt euch nicht auf, Leute, da ist noch Platz genug", schloß Kruse, „keiner muß Angst haben, daß sich für ihn kein Eckchen mehr findet. Unser Friedhof ist groß genug."

Heiterkeit machte sich breit, einige Gesichter blieben jedoch ernst und nachdenklich. Dann hob noch ein Mann den Arm, er stand auf und schlagartig wurde es ruhig, fast still ringsum. Alle sahen zu ihm hin. Ein Bilderbuchfriese, stellte Holthaus fest, wie aus einem der Reisekataloge entsprungen; er konnte den Mann gut wahrnehmen, denn der stand in der Mitte des Raumes. Nicht sonderlich groß, aber von kräftiger Gestalt, volles, festes Haar, vormals wohl hellblond, jetzt weiß wie Schnee und weiß wie Schnee war auch der Bart, der das gebräunte, zerknitterte Gesicht umrandete.

Kruse betrachtete den Mann, als wüßte er, was ihn nun erwartet: „Na, Frerich, wat hest du dann noch op dien Hart, wat wist du uns noch frogen?"

Der so Angesprochene schaute sich nach allen Seiten um, holte ausgiebig Luft, fixierte dann den Bürgermeister als den Adressaten seiner Mitteilung.

„Nee, frogen wüll ick nech. Aver wat seggen för de Tied, wenn ick mol mien Löffel afgeven heff un to 'n Karkhof ömtrecken do." Der Mann hielt einen Augenblick inne, Holthaus glaubte es in seinen Augen blitzen zu sehen, bevor er fortfuhr.

„Denn makt dat Graff nech so deep. Ick wüll dat nech so deep hann."

Erneut entstand eine kurze Pause, gespannt reckten die Leute die Köpfe, tuschelten untereinander. Schon schickte sich der Bürgermeister an, in das Geschehen einzugreifen, da spannte der Mann, den sie Frerich nannten, die Brust.

„Ick wult jümmers mol 'n Krüüzfohrt maken,

grad so as de Hinnerk dat doon hät, grad so! Also, lev Lüüd, nech so deep rin met de Holzkest, nech so deep, sünst ward dat nix!"

Kaum hatte der Mann ausgesprochen, brach er in ein dröhnendes Gelächter aus, in das die Leute erst zaghaft, dann immer lauter mit einstimmten. Kruse versuchte, Holthaus das Ganze zu übersetzen, doch der winkte ab, denn so weit reichten inzwischen seine Dialektfertigkeiten, um den Mann zu verstehen. Er beobachtete vielmehr die Leute und versuchte, sich ein Bild von der Situation zu machen, die sich ihm bot. Aber noch ehe er sich richtig wundern konnte, wie die Menschen mit der an sich doch traurigen, noch dazu äußerst mysteriösen Begebenheit umgingen, schwoll der Lärm wieder ab. Er überlegte, was er noch tun könnte, um vielleicht doch noch etwas mehr über das geheimnisvolle Verschwinden des Toten herauszufinden. Doch was sollte das sein? Wenn er sich die Leute ansah, die jetzt nur noch unter sich zu sein schienen, sich um andere Dinge zu kümmern begannen, wie er den aufgefangenen Wortfetzen entnahm, so wurde ihm immer klarer, daß er seine Faktensammlung um den Fall schließen konnte, jedenfalls hier und heute an diesem Ort, bei dieser Gemeindeversammlung, denn nichts anderes war es im Grunde gewesen.

Kruse hatte wohl seine Gedanken erraten, legte die Hand auf seinen Arm und beschied ihm, es nun gut sein zu lassen, alles wäre gesagt, da käme nichts Neues mehr ans Tageslicht.

Im Nu fand er sich alleine am Tisch wieder, denn Kruse war auf einmal verschwunden, ohne daß Holthaus wußte, ob er zurückkehren würde. Niemand von den Leuten kam zu ihm an den Tisch, man schaute zu ihm herüber, doch eher beiläufig, nicht unfreundlich, aber auch nicht sonderlich interessiert. Diese Leute für sich einzunehmen, von ihnen akzeptiert zu werden, ihr Vertrauen zu gewinnen, mußte ein ungeheures Stück Arbeit sein, dachte Holthaus, doch diese Zeit hatte er nicht. Reizen würde es ihn ganz sicher, denn er mochte eigenbrötlerische, kantige Menschen, die nicht immer gleich losplapperten, eigenwillige Menschen, denen man jedes Wort oft regelrecht abringen mußte.

Die ersten Leute gingen schon, als Kruse zurückkam. Neue Leute seien seit gestern nicht mit dem Schiff angekommen, auch sei keiner weggefahren, der nicht von Uthoog stammte, habe ihm der Lademeister versichert. Es wären sowieso im Augenblick nur vier Fremde auf der Hallig und die wohnten alle auf der Olsenswarft und wären immer noch da, setzte der Bürgermeister hinzu und erkundigte sich bei Holthaus, was er nun weiter zu tun gedächte. Dabei verriet sein Gesicht überdeutlich, daß er die Angelegenheit als erledigt einstufte und der Abreise des Polizeibeamten nichts mehr im Wege stünde.

Holthaus sah den letzten Leuten zu, wie sie das Wirtshaus verließen, während er dem Bürgermeister seinen Plan für den nächsten Tag ausbreitete, sämtliche Warften zum Abschluß noch aufzusuchen, nicht lange, sie nur mal aus der Nähe in Augenschein zu nehmen, vielleicht aber auch nur die Ivertsenswarft, die in erster Linie, damit er auch Merle Jonasson kennenlernte, die mit dem verschwundenen Toten so gut bekannt war. Und die Schulwarft, also die Obelitzwarft, auf der Rensing gewohnt habe, wolle er sich mal näher ansehen.

Kruse hielt mit seiner Meinung nicht hinter dem Berg zurück, betrachtete Holthaus' Pläne rundum als unnütze Zeitverschwendung. Er könnte sich ja melden, ihn anrufen, wenn er noch Unterstützung brauchte, ansonsten sei er meistens im Haus der Gemeindeverwaltung anzutreffen oder irgendwo draußen. Dann war er nicht davon abzubringen, Holthaus' Zeche zu übernehmen und während er bezahlte, musterte Holthaus die blonde Frau, die sie während des ganzen Abends gemeinsam mit einer älteren Kollegin bedient hatte. Über ihre scharfgeschnittenen, herben Züge huschte ein kleines Lächeln, als sie kurz zu ihm hersah. Sie vermiete Zimmer auf der Olsenswarft, die gute Bente, erläuterte Kruse, als sie gegangen war, doch davon alleine könnte sie jedoch nicht leben und mit den Männern hätte es nicht so geklappt bei ihr.

Holthaus schlug das Angebot des Bürgermeisters aus, ihn mit dem Auto zur Kirchwarft zurückzufahren, wollte noch ein bißchen laufen. Es war kurz vor Mitternacht, als er aufbrach. Kruse zeigte ihm noch vom Warftrand aus die Richtung, die er einschlagen mußte, deutete in die Dunkelheit hinaus, hin zu einigen Lichtern am Horizont, ein etwas helleres darunter, das zum Anleger gehörte. Holthaus wußte, daß er erst eine Weile in diese Richtung gehen mußte, bevor zur linken Seite die kleine Straße abzweigte, die zur Kirchwarft führte. Dort, wo er das Pastorat vermutete, zeigte sich kein Licht, war es vollkommen dunkel.

Nach dem Tidenkalender lief die See seit geraumer Zeit wieder heran, die Flut kam zurück; das Wasser stand demnach bald erneut gegen die niedrigen Sommerdeiche an, doch diese waren zu weit weg, so daß von der See nichts wahrzunehmen war, bis auf das Rauschen vielleicht, das aus einer unbestimmbaren Distanz an Holthaus' Ohren drang. Doch ebensogut konnte das Geräusch von den Bäumen einer der Warften hinter ihm stammen, denn der Wind hatte noch zugenommen, fiel ihm schräg in den Rücken und schob ihn ungestüm vor sich her.

Ohne daß er etwas davon sehen konnte, kam Holthaus das Meer allgegenwärtig vor, er bildete sich ein, es zu riechen, stellte es sich wie ein lauerndes Raubtier vor, das sich zum Sprung niederkauerte und auf eine günstige Gelegenheit wartete, um erneut über die Hallig und ihre Bewohner herzufallen. Instinktiv sah er sich um, leuchtete mit seiner Lampe, deren Licht immer schwächer wurde, die nähere Umgebung ab, doch außer dem schwarzen Band der Straße und ein paar Metern der angrenzenden Wiesen geriet nichts in sein Blickfeld. Den Priel, den er auf dem Hinweg wahrgenommen hatte, fand er nicht mehr. Selten war er sich ausgesetzter vorgekommen als in diesem Moment. Links von ihm, weit voraus, durchschnitten kleiner werdende Scheinwerferkegel die Schwärze, vermutlich ein Auto, das in westlicher Richtung fuhr, wohl die Straße benutzte, an der auch die Obelitzwarft und die Ivertsenswarft lagen, wo Merle Jonasson wohnte.

Als Holthaus an der Abzweigung zur Kirchwarft stehenblieb, war ihm, als wäre er nicht alleine unterwegs. Es mußten Leute sein, die geradeaus zur Barkenswarft weitergingen, der letzten Warft auf dem Weg zur Anlegebrücke des Fährschiffs. Stimmen vernahm er nicht, doch hin und wieder blitzte eine Lampe auf, auch in seine Richtung, als halte man Ausschau nach ihm.

Dunstschwaden zogen über die Straße und verschluckten sein dürftiges Lampenlicht, er konnte nur noch wenige Schritte weit nach vorne sehen und zweifelte fast daran, auf dem richtigen Weg zu sein, als sich urplötzlich die schwarzen Umrisse der Kirchwarft schwach gegen den nachtdunklen Himmel abzuzeichnen begannen.

Nichts für ängstliche Leute, dachte Holthaus, während er die Warft emporstieg und, bevor er sich zum Pastoratsgebäude wandte, kurz in den Friedhof leuchtete und einige der übel zugerichteten Gräber mit der Lampe erfaßte. Der Wind heulte hörbar durch das Geäst der Bäume und Sträucher. Was für eine Umgebung für die Pastorenfamilie, die hier ganz alleine in dem mächtigen Pastorat mit seinen vielen Ecken und Erkerchen und Winkeln lebte! Selbst furchtlose Gemüter hätten gewiß ihre liebe Mühe damit, an einem Ort wie diesem zu wohnen, erst recht mit Kindern. Wie schafften das die Wittensens nur! Holthaus schüttelte in der Dunkelheit den Kopf, konnte sich das wirklich nicht vorstellen.

Der Sarg an der Treppe fehlte. Ohne Widerstand ließ sich die Eingangstür aufdrücken. Auf der Hallig verriegelte man keine Türen, hatte Holthaus von Wittensen gehört, auch nicht im Sommer, wenn die Gäste da waren. Bisher sei noch nichts entwendet oder gar Schlimmeres angestellt worden. Niemand käme doch unbehelligt von der Hallig weg, überall Wasser, jeder müsse schließlich das Fährschiff nehmen. Bei Ebbe durchs Watt hin zu einer der Inseln oder zur Nachbarhallig zu laufen, sei nur an ganz bestimmten Stellen möglich und das auch nur, wenn ganz besondere Umstände hinsichtlich Wetter, Gezeitenstand und so weiter zusammenträfen. Nur wenige Männer auf der Hallig hätten das Zeug dazu, alle übrigen, die es versuchten, liefen in den sicheren Tod.

Im matten Schein der Lampe tastete er sich durchs Treppenhaus nach oben. Trotz aller Vorsicht knarrten die Stufen so vernehmlich, daß seine Rückkehr den Wittensens wahrscheinlich nicht verborgen blieb. Er machte zunächst kein Licht an, trat zu einem der Fenster und sah zum Friedhof hinab, der mit der Finsternis ringsum verschwamm und kaum noch Einzelheiten preisgab. Der Himmel kam ihm jetzt eine Spur heller vor, und er entdeckte neue Lichter in der Ferne. Sie mochten zu jenen Sänden gehören, die im Laufe der Zeit im Westen aus dem Meer emporgewachsen waren und teilweise als Vogelschutzgebiete herhielten. Nicht selten ließen die Gezeitenströme wieder neue Sände entstehen, andere wiederum holte sich das Meer zurück.

*

Am darauffolgenden Morgen hatte Holthaus soeben den Fuß in den Flur der Pastorenwohnung gesetzt, als Wittensen bereits herbeistürzte und alles über sein Treffen mit dem Bürgermeister erfahren wollte. Holthaus erzählte ihm nicht viel, verschwieg ihm erst recht die einhellige Meinung der Leute zum Hergang der Geschehnisse um das Grab von Hinnerk Rensing. Fast war er versucht, den Pastor zu fragen, warum er nicht auch im „Seelöwen" dabeigewesen war, da sich doch beinahe die ganze Hallig dort versammelt hatte, wovon Wittensen aber nichts zu wissen schien.

Ein bißchen zögerte der Pastor, bevor er sich in sein Arbeitszimmer zurückzog, und in seinem geradezu jungenhaft wirkenden Gesicht standen erneut unübersehbare Anzeichen von Zweifel und

Unsicherheit geschrieben.

Jochimsen gab sich mit Holthaus' knappem Bericht ohne große Nachfragen zufrieden, wohl ahnend, daß sein Mann am Telefon nicht sämtliche Ermittlungsergebnisse offenlegen konnte, zeigte sich von seiner Ankündigung, vielleicht schon morgen, spätestens übermorgen zurückzukommen, indes sehr angetan. Holthaus' Absicht, zum Abschluß die Warften, jedenfalls diejenigen, die irgendeinen Bezug zu dem Fall hatten, noch aufzusuchen, nahm er gleichmütig zu Kenntnis.

„Ja, tun Sie das, Holthaus, tun Sie das. Neues wird nicht herauskommen dabei, die Angelegenheit liegt doch wohl klar auf der Hand. Da ist für uns nichts zu tun, da ist kein Schuldiger zu suchen. Kommen Sie so bald wie möglich zurück, hier wartet eine Menge Arbeit auf Sie", waren Jochimsens letzten Worte, die Holthaus aus dem Hörer vernahm, der sich ganz warm angefühlt hatte, als er ihn von der Wandhalterung nahm. Jemand hatte wohl vor ihm telefoniert, und der Polizist erinnerte sich, Stimmen gehört zu haben, bevor er nach unten ging.

Es stürmte noch heftiger als am Vortag, und so mußte er sich von Anfang an gegen den starken Wind anstemmen, der seine Richtung nicht nennenswert geändert hatte und ihm ziemlich genau von der Obelitzwarft her entgegenblies, die er als erstes besuchen wollte. Er hatte seinen Plan nunmehr endgültig reduziert, nur die Obelitzwarft und die Ivertsenswarft interessierten ihn noch, von den übrigen versprach er sich nichts mehr, was ihm irgendwie in der Sache weiterhelfen könnte.

Dichte, dunkle Wolken trieben über den Himmel, doch es regnete nicht. Zu verfehlen war keine der Warften, sie lagen wie auf einem Präsentierteller über die Hallig verteilt, mit gehörigem Abstand zueinander, nur eine einzige Straße führte zu ihnen, es gab überhaupt nur diese eine Straße, die sich wie ein grobes Netz über das Halligland ausbreitete und an dessen Rändern aufhörte; wer sie befuhr, mußte am Ende umdrehen, um dorthin zurückzugelangen, von wo er aufgebrochen war.

Wittensen hatte keine Anstalten gemacht, ihn zu begleiten, ihm aber mit weit ausgestrecktem Arm die beiden Warften gezeigt, die Holthaus als Ziel seiner Erkundungen benannte. Eine Sturmflut mit Landunter schloß der Pastor wiederum aus, außerdem würden die Halligleute sofort – außer nach ihrem Vieh und den gefährdeten Gerätschaften unterhalb der Warften – nach den Fremden schauen, die sich auf der Hallig befänden. Bisher sei noch kein Gast zu Schaden gekommen, da seien die Halligleute äußerst sorgsam und vorsichtig. Warum er gerade diese beiden Warften aufsuchen wollte, hatte Wittensen nicht gefragt.

Noch bevor Holthaus mit der Umrundung der Obelitzwarft beginnen konnte, entdeckte er den Lehrer, er mußte es sein, auf einer Leiter, am

Haus zugange. Keine Schule heute? Es war doch Donnerstag, ein normaler Schultag, Ferien gab's eigentlich um diese Jahreszeit auch keine. Das Rätsel gab sein Geheimnis alsbald preis, denn als Holthaus schließlich den Weg zur Warft anstieg, klebten auf einmal drei Kindergesichter an einer Fensterscheibe, zwei Jungen und ein Mädchen.

Als sehr gesprächig erwies sich der Lehrer nicht, machte zunächst keinerlei Anstalten, von der Leiter herabzusteigen. Obwohl er gestern nicht im „Seelöwen" dabei war, denn Holthaus konnte sich nicht an den Mann erinnern, schien Thies Henningsen bereits zu wissen, wer ihn da bei seiner Arbeit störte. Erst als Holthaus fragte, ob er sich ein bißchen auf der Warft umblicken, vor allem die Wohnung von Hinnerk Rensing inspizieren könnte, erwachte der Lehrer zum Leben, sprang von der Leiter, bestand aber darauf, daß der Polizeibeamte zunächst einen Blick in die Halligschule werfen müsse.

Welche Idylle, stellte Holthaus fest! Drei Schüler und ein riesengroßes Klassenzimmer, in das auch zwanzig und noch mehr Kinder hineingepaßt hätten; vollgestellt mit Tischen, Stühlen, Kästchen und Kisten und Kartons; tausend lose Blätter und Zettel, hingepackt und angeklebt allüberall; zwei Aquarien mit Fischen, von denen Holthaus keinen einzigen kannte; eine übergroße grüne Klappwandtafel, vollgeschrieben mit Stundenplänen und vielerlei Wörtern und Begriffen, gelösten und nicht gelösten Rechenaufgaben, Resten von Deutschdiktaten; an den Wänden ungerahmte Blätter mit bunten Zeichnungen und Malereien in unterschiedlichen Größen und Techniken. Neben der Tür fehlte auch nicht das obligatorische Portrait des amtierenden Bundespräsidenten, das in allen Schulen, so weit war Holthaus informiert, aufgehängt wurde. Von den Pastorenkindern war keines unter den Dreien, die an den Tischen hockten und verstohlen zu ihm herübersahen.

Trotz des sichtbaren Durcheinanders ging von dem Raum eine merkwürdige Sauberkeit und auch eine gewisse Ordnung aus, und Thies Henningsen führte Holthaus mit erkennbarem Stolz in alle Ecken und Nischen, begleitet von mancherlei Erklärungen und Belehrungen.

Die Wohnung von Hinnerk Rensing sei nicht abgeschlossen, sie sei leer, gehöre dem Land wie überhaupt das ganze Schulgebäude, beschied dann der Lehrer, dessen Interesse an Holthaus' Anliegen nach seinem Referat über die Halligschule merklich abflaute. Neue Mieter gäbe es noch nicht, das Hab und Gut von Hinnerk Rensing sei in den Besitz der Gemeinde übergegangen, viel sei das sowieso nicht gewesen, Erben gäbe es keine. Und überhaupt, in der Wohnung gäb's nichts aufzuspüren, nichts zu finden. Er führte Holthaus hinter die Schule und zeigte auf ein unscheinbares Nebengebäude. Die untere Wohnung mit den zwei Fenstern sei Rensings Wohnung gewesen, er könne sie sich gern ansehen. Dann nickte er kurz mit dem Kopf und verschwand wortlos durch eine der vielen Türen an der Rückseite des Schulgebäudes.

In der Tat gab die Wohnung nichts her, das Holthaus irgendwie hätte weiterbringen können. Aber nach was suchte er eigentlich? Er wußte es selbst nicht, vielleicht war es nur eine angeborene Neugier, die ihn jetzt noch bewegte, nachdem doch festzustehen schien, daß es hier kein strafbares Delikt aufzuklären galt. An den Decken der leergeräumten Wohnung hingen nur noch die nackten Glühbirnen, die Zimmerwände verrieten durch hellere Flächen, daß sie einmal Bilder und Borde getragen hatten und Möbel gegen sie gestellt gewesen waren.

Außer dem Haus mit Rensings Wohnung gab es noch eine Reihe weiterer Häuser, dazu noch eine Ansammlung von kleinen Hütten und Schuppen, alles dicht beieinander. Die begrenzte Fläche der Warft zwang zur Enge, doch im rückwärtigen Bereich war noch Platz für etwas Gartenland samt Sträuchern und Bäumen geblieben. Jenes fürchterliche Landunter, das über den Friedhof herfiel, fügte der Obelitzwarft keinen Schaden zu, das verriet bereits der Ring, der die Warft vielleicht einen Meter unterhalb ihres Randes umschloß und den Höchststand des Wassers anzeigte. Holthaus hatte die Markierung aus angeschwemmtem Heu und Stroh und anderem Treibgut schon bei seiner Umrundung wahrgenommen.

In die kleinen Gartenparzellen hatte sich wohl

längere Zeit niemand mehr verloren. Ein paar Pflanzenstrünke ragten aus der zerfurchten grauen Erde heraus, Laub lag in den Vertiefungen und an den Kanten, wo der Wind es schlecht erreichen konnte. Es war Mitte November, Winterzeit, da würde sich für die nächsten Monate vermutlich keine Hand mehr rühren, dachte Holthaus. An den Ästen der Bäume fand sich kein einziges Blatt mehr.

Die übrigen Häuser machten einen bewohnten Eindruck, es gab Gardinen, sogar Namensschilder, die Holthaus las und bald wieder vergaß. Doch die Warft wirkte wie ausgestorben, nur der Wind machte einige Geräusche, irgendwo schlug eine Tür. Kein Hund, keine Katze, auch Vögel zeigten sich nicht. Wo mochten die Leute stecken, die hier lebten; bis auf den Lehrer hatte er noch keinen weiteren Menschen zu Gesicht bekommen. Und wenn er über die Hallig schaute, zu den nächsten Warften hin, erkannte er nur ab und zu einen dunklen Punkt, der sich bewegte, oder, seltener noch, ein Auto, das scheinbar geräuschlos auf der alles verbindenden Straße unterwegs war.

Zusammen gut hundert Leute lebten hier und viel mehr waren es meist auch nicht in dieser Jahreszeit, weil die Gäste fehlten, hatte Kruse doziert. Wo hielten sie sich auf, wo waren sie jetzt, wie verbrachten die Menschen den Tag, die gestern abend im „Seelöwen" aufgetaucht waren, weil sie vom Bürgermeister gehört hatten, daß ein

Polizist wegen der Sache mit Hinnerk Rensing käme?

Als Holthaus sich schon anschickte, die Warft wieder zu verlassen, tauchte in einem der schmalen Durchgänge eine Frau auf. Die Lehrersgattin, wie sich herausstellte, auch sie im „Seelöwen" nicht dabei, ungleich zugänglicher als Thies Henningsen, ein beredtes, freundliches Wesen, im Alter ihres Mannes, durchaus modisch gekleidet, eine flotte orangefarbene Baskenmütze schräg auf die Haare gedrückt und keck in die Stirn gezogen, ihr Gegenüber freundlich musternd.

Doch eine nennenswerte Unterhaltung, über die üblichen Redewendungen und Unverbindlichkeiten hinaus, wollte auch hier nicht so recht in Gang kommen, denn die Frau wußte wohl ebenfalls bereits, was sie wissen wollte und so zeigte sie bald in die Richtung zu Merle Jonassons Warft, als ob es keinerlei Zweifel über Holthaus' nächstes Ziel geben könnte. Schöne Grüße an Merle trug sie ihm noch auf, merkte auch an, daß die alte Frau furchtbar nett sei, viel durchgemacht und sie der Tod von Hinnerk Rensing tief getroffen habe, vielleicht aber auch wieder nicht ganz so tief, wie manche Leute hier redeten. Als er wegging, spürte er den Blick der Frau förmlich im Rücken, doch als er sich umwandte, kurz bevor er die Warftkante erreichte, war nichts mehr von ihr zu sehen.

Holthaus zählte eher zu den Leichtgewichten, und so schüttelte ihn der stramme Wind kräftig durch, ließ ihn schon mal einen unbeabsichtigten Schritt zur Seite machen, zum Graben hin, der bis zum Rand Wasser führte. Regentropfen schlugen ihm hin und wieder hart ins Gesicht.

Bis zur Ivertsenswarft führte die schmale Straße wie am Lineal gezogen geradeaus. Mindestens anderthalb Kilometer, schätzte Holthaus, der sich wunderte, wie rasch dennoch die links der Straße gelegenen Warften auf ihn zukamen, ohne daß er bewußt darauf achtete. Sie wuchsen einfach in die Höhe, wurden deutlicher, größer, sahen aus wie kleine Festungen, und er hätte sich nicht gewundert, wenn urplötzlich Kanonendonner zu vernehmen gewesen und Pulverdampf aufgestiegen wäre. Wieviel Ferngläser wohl auf ihn gerichtet waren, seitdem er von der Obelitzwarft herunter und auf der Straße unterwegs war? Einladend wirkten die zumeist grauen Mauern und herabgezogenen Dächer jedenfalls nicht. Holthaus konnte sich nicht vorstellen, daß er in dieser Sekunde in irgendeinem der Häuser willkommen war.

Auf der Höhe der vor etlichen Jahren zusammengelegten zwei Warften glaubte er zu den Windgeräuschen noch Traktorengebrumm zu hören. Menschen bemerkte er keine, lediglich ein Auto mit zwei nicht zu erkennenden Insassen kam ihm entgegen, das vorbeifuhr, ohne die Geschwindigkeit zu verringern. Holthaus hob kurz die Hand, um eine Art Gruß zu signalisieren.

Von links rückte der Sommerdeich etwas dichter an die Straße heran, als er sich der Ivertsenswarft näherte. Es herrschte Ebbe, feucht und naß schimmerten die Wattflächen herüber. Die See hatte sich weit zurückgezogen und zeigte sich als dunkler Strich am Horizont. Kaum zu glauben, welch' mörderische Gewalt von ihr ausgehen konnte, wenn Wind und Wasser zu einer unheilvollen Allianz zusammenfanden, ging es Holthaus unwillkürlich durch den Kopf, als er die merkwürdigen Verwerfungen des sonst ebenen Halligbodens betrachtete, wenige hundert Meter links der Straße. Dort gab's ehemals eine Warft, die Prehnswarft. Sie ging unter vor vielen, vielen Jahren. Der Pastor hatte ihm diese Geschichte und noch mehr erzählt. In einer Nacht holte sich die See alles, verschlang das Haus, die Menschen, das Vieh, verschlang die ganze Warft. Zu einer Zeit, als die Aufwarftungen noch kein Thema waren, jedenfalls nicht wie heutzutage, und die Leute von der Prehnswarft waren sorgloser verfahren als die anderen, lange war nichts mehr passiert an den Inseln und Halligen und an der Küste. Doch dann kam wieder so ein Ungetüm von Sturmflut, lief zu einer Höhe auf, die niemand für möglich gehalten hatte. Alle Menschen auf der Prehnswarft ertranken, mehr als ein Dutzend, sie wurden im Schlaf überrascht, nur ein paar von ihnen wurden gefunden, die anderen behielt die See. Wie durch ein Wunder kam damals niemand sonst auf Uthoog zu Schaden.

Anstelle des schwächer werdenden Windes begann es nun leicht zu regnen, als er die Ivertsenswarft erreichte. Sie lag auf der rechten Seite, danach machte die Straße einen kleinen Bogen und lief auf die letzte Warft im Westen der Hallig zu, die Wetterwarft. Auf sie stießen die schlimmsten Stürme als erstes, denn diese kamen meist aus nordwestlicher Richtung. Doch sie lag so hoch, daß sie selten Schäden zu beklagen hatte, ebenso erging es der Ivertsenswarft, einen halben Kilometer versetzt hinter ihr gelegen. Vorsorglich hatte man den Sommerdeich in diesem Abschnitt ein Stück höher angelegt, auch gleich dahinter mit umfangreichen Steinschüttungen für zusätzlichen Halt des Halligbodens gesorgt.

Holthaus hielt auf der Straße kurz an, bevor er die Warft nach einem Blick über ihren Rand zu umrunden begann. Hier also wohnte Merle Jonasson, die letzte Weggefährtin von Hinnerk Rensing. Er hatte keinerlei Vorstellung, wie sie aussah, hatte bislang nicht einmal ein Foto von ihr gesehen. Auffallend viele Bäume streckten zwischen den Häusern ihre kahlen Kronen in den Himmel, doch es waren in der Mehrzahl jüngere Bäume, nur ein einziger dicker Stamm reckte sich im Innern der Warft in die Höhe. Holthaus zählte erheblich weniger Häuser als auf der Obelitzwarft, auch standen sie noch enger und verschachtelter beieinander, umkreisten einen Teich, in dem offenbar Regenwasser aufgefangen wurde. Jetzt erinnerte sich Holthaus, daß die Hallig seit einigen Jahren vom Festland aus mit Trinkwasser versorgt wurde, mit einer durchs Watt verlegten Leitung. Bei heftigen Stürmen war sie schon stellenweise freigespült worden und die Leute fürchteten, daß mal ein Schiff oder der Sturm die Rohre zerstören könnte.

An der Ivertsenswarft endete der Ring aus den Rückständen des vergangenen Landunters, das der Kirchwarft so übel mitgespielt hatte, wie bei der Obelitzwarft schätzungsweise auch einen Meter unterhalb der Warftkrone. Holthaus hatte noch kein Landunter am eigenen Leibe miterlebt, kannte es nur von Fotos, von Berichten, aus Filmen, die von Flugzeugen aus gemacht worden waren. Das aufgewühlte Wasser so dicht vor den Füßen, ringsum von der See eingeschlossen, ohne Fluchtmöglichkeit, sicher nicht jedermanns Sache, so zu leben. Aber es gab wohl Menschen, deren ganze Welt nur aus so einem winzigen Stückchen der See abgetrotzter Erde bestand, die dort geboren wurden, die vor Heimweh krank waren, wenn sie sich auch nur einen Tag zu lange woanders aufhielten.

Der Regen versiegte wieder und ohne auch nur ein einziges Lebenszeichen wahrzunehmen, kehrte er auf halber Höhe zum Ausgangspunkt zurück und stieg über den unbefestigten Weg die letzten Meter zur Warft hinauf. Und dort stieß er bald auf Merle Jonasson, das heißt, er nahm eine sich bewegende Gardine wahr, als er an der anderen Seite der Warft anlangte und einen Blick auf die Fassaden der Häuser warf, die an dieser Stelle weniger nahe am Warftrand standen und Platz für ein paar Gärten freiließen von der gleichen Art wie diejenigen auf der Obelitzwarft, sich selbst überlassen und auf das Frühjahr wartend. In der Ferne erkannte Holthaus unschwer die Kirchwarft, kein Baum, kein Strauch versperrte die Sicht dorthin. Nur Salzwiesen lagen zwischen den beiden Warften, doch unzählige kleine und große Wasserläufe mäanderten durch das blasse Grün, und sie alle endeten, soweit Holthaus das beobachten konnte, in zwei oder drei großen Prielen, von denen einer an manchen Stellen mächtig anschwoll und schon mehr an einen Fluß erinnerte.

Noch bevor Holthaus sich weiter umsehen konnte, war sie auf einmal draußen, Merle Jonasson, nur sie konnte es sein, denn auf der Warft wohnte ja gegenwärtig niemand außer ihr. Von ihm unbemerkt, war sie vor die Tür des Hauses getreten, in dem er sie vermutet hatte, dort stand sie nun und rührte sich nicht vom Fleck, sondern sah nur zu ihm hin, kaum mehr als fünf Schritte entfernt, mit einer Hand sich auf einen schmalen Stock stützend, mit der anderen ein schwarzes, weißgerandetes Umhängetuch vor der Brust zusammenhaltend.

Während Holthaus fieberhaft überlegte, was er sagen sollte, musterten ihn dunkle Augen aus einem auffallend weißen, von vielen Falten und Fältchen durchzogenen Gesicht, beinahe so weiß wie das hinter dem Kopf zu einem Knoten zusammengesteckte Haar. Die Augen blickten ein bißchen zu ihm hinauf, denn der zerbrechlich

wirkende Körper war leicht nach vorne ge-
krümmt.

„Sie sind Frau Jonasson?" fragte Holthaus und
ärgerte sich sofort, daß ihm nichts Besseres ein-
gefallen war als diese simple Frage, setzte trotzdem gleich hinterher: „Merle Jonasson?"

Ganz leicht nickte der Kopf der alten Frau.
Holthaus schaute irritiert auf ihren Mund und ihre
Lippen. Keine herunterhängenden Mundwinkel,
wie er das von alten Menschen kannte; ihre Lippen gingen mehr in die Breite, fast etwas hochge-
zogen an den Enden, wobei nicht ersichtlich war,
ob sie ein leises Lächeln zeigten oder ob ihr
Mund schon seit längerem so geformt war. Ein
erstarrtes Weinen vielleicht, ein schmerzgezeich-
netes Antlitz; manchmal sahen Gesichter so aus,
wenn sie viel Leid ertragen mußten.

Holthaus stellte sich vor, nannte zum zweiten
Mal, seitdem er auf der Hallig war, seinen Dienst-
grad, verzichtete aber darauf, ihr seinen Ausweis
hinzuhalten. In diesem Moment begann es wieder
zu regnen. Die Frau winkte wortlos, drehte sich
um und ging, trotz des Stockes, erstaunlich be-
hende voraus ins Haus zurück. Holthaus empfand
sich als eingeladen, lief gleich hinter ihr her. Er
mußte sich ducken, um nicht mit dem Kopf gegen
den niedrigen Türbalken zu stoßen.

Sie hatte zweifellos Besuch erwartet, womöglich sogar ihn? Holthaus hielt es nicht für ausgeschlossen, sah sie überrascht an, verkniff sich jedoch alle Fragen in diese Richtung. Ein zierliches

Tischchen nahe den schmalen Sprossenfenstern trug bereits Teegeschirr samt Kuchentellern für zwei Personen. Er suchte unauffällig nach einem Telefon, wobei das nicht so einfach war, denn das kleine Zimmer quoll über von alten Möbeln und Schränken, großen wie kleinen, beladen mit Unmengen an Vasen und Bildern und Figürchen, auch buntbekleidete Puppen darunter. Wohl die gute Stube des Hauses; die Halligleute sagten Pesel dazu.

„Sei sünd also de Schandarm", war das erste, was Merle Jonasson sagte, nachdem Holthaus schon saß, „wegen dem Hinnerk sünd Sei do." Sie drückte sich ganz gerade in ihrem Stuhl, schaute durchs Fenster, und als Holthaus ebenfalls hinausblickte, entdeckte er die ferne Kirchwarft. Das gedämpfte Tageslicht, das von draußen in den von keiner Lampe erleuchteten Raum drang, fiel auf ihr Gesicht und Holthaus bemerkte, wie sich langsam an jedem Auge eine kleine Träne bildete und die Wange herunterlief.

Friesentee hatte sie zubereitet, schwarz wie Kaffee sah er aus. Holthaus' Ansinnen, das Einschenken zu übernehmen, schlug sie aus, obwohl es ihr Mühe bereitete und ihre Hand zitterte, als sie den Tee in die Tassen goß. Auch den Kuchen, der mitten auf dem Tisch thronte, eine Art Topfkuchen mit bernsteingelbem Innern, schnitt sie mit einem großen Messer an und beförderte ein mächtiges Stück auf Holthaus' Teller und ein nur halb so großes auf ihren eigenen. Es war Mittag, wohl nicht die richtige Zeit für Tee und Kuchen, vielleicht hatte sie ihren Besuch später erwartet, ihn dann aber rechtzeitig kommen sehen. Bestimmt hatte sie auch ein Fernglas in der Schublade und ihn schon wahrgenommen, als er die Kirchwarft verließ. Oder war sie angerufen worden, obwohl er immer noch kein Telefon entdecken konnte?

Je länger er mit der Frau sprach, umso stärker wurden seine Zweifel am Sinn seines Besuches, jedenfalls was seine ursprüngliche Aufgabe betraf, derentwegen er sich auf der Hallig aufhielt. Er entschloß sich, die Angelegenheit als Ausflug in die Halligwelt und deren Bewohner zu betrachten und das heutige Zusammentreffen mit Merle Jonasson als eine Art Tröstung und Aussprachemöglichkeit für die vom Schicksal so arg gebeutelte alte Dame anzusehen.

Merle Jonasson sprach nur nordfriesischen Dialekt und das noch sehr leise, konnte wahrscheinlich überhaupt kein Hochdeutsch. Holthaus mußte höllisch aufpassen, um sie zu verstehen. Doch allzu wortreich gestaltete sich die Aussprache indes nicht, denn Merle Jonasson beschränkte sich oftmals aufs Kopfnicken und Kopfschütteln, schon seltener kam ein „Nee" oder „Nee, nee" aus ihrem Mund, im anderen Falle hieß es „Joo", „Joo, joo" oder „Joo, so wöör dat" oder „Joo, so es dat west". Holthaus' Versuche, sie zum Reden zu bringen, erbrachten oft nur kärgliche Ergebnisse, mochte er auch noch so viele Andeutungen und Mutmaßungen in den Raum stellen. Doch immer dann, wenn er die See als den Übeltäter ins Spiel brachte, die Hinnerk Rensing wohl zu sich geholt hätte, die große Flut, das viele Wasser, das den Friedhof verwüstete, wurde sie merklich lebhafter, spannte sich der kleine Körper, wurden ihre Augen größer, dann holte sie Luft, als ob sie etwas sagen wollte, nickte aber meist wieder nur mit dem Kopf, doch dann gleich mehrmals hintereinander, begleitet von ihrem leisen, fast geflüsterten „Joo" oder „Joo, joo".

Sie hatte sich an der Suche nach dem Verschwundenen nicht beteiligen können, auch ihr Großneffe nicht, denn als man damit anfing, fuhr ja immer noch kein Schiff. Dafür jedoch war Malte Kröger zuvor, als Hinnerk Rensing starb, gleich auf die Hallig gekommen und ihr fortan nicht mehr von der Seite gewichen. Mehr als eine Woche blieb er, kümmerte sich um alles, ging ihr zur Hand, wo er nur konnte, mußte dann aber nach Hause zurück. Schon bald erwartete sie ihren Großneffen wieder auf der Warft. Das alles hatte Holthaus im Grunde bereits von Kruse erfahren, war nichts Neues für ihn.

Als sich die alte Frau für ein paar Minuten ins Hausinnere zurückzog und er gleich darauf Geräusche über sich hörte, nutzte er die Gelegenheit und trat an eines der Fenster, um die Umgebung zu begutachten. Der Garten vor Merle Jonassons Haus sah weniger verwildert aus als die Gärten daneben, wobei nicht klar war, ob es nicht ein

einziges Stück Land war, denn irgendwelche Un-
terteilungen oder abgeteilte Beete konnte Holthaus nicht entdecken. Wer sollte sie auch bestel-
len, wer sollte auch die Gärten herrichten, wenn
außer Merle Jonasson nur noch zwei Leute auf
der Warft wohnten, die aber hauptsächlich mit
der Vermietung der Ferienwohnungen beschäftigt
waren und das auch nur in den Sommermonaten
und sich sonst häufig auf dem Festland aufhielten
und die Häuser leerstanden? Der Großneffe war
wohl öfter da, sicher packte er mit an, wenn er
auf die Warft kam. Und Hinnerk Rensing auch,
ja, der vielleicht sogar noch am meisten, so häufig, wie der bei Merle Jonasson gesehen worden
war. Doch ihn gab es nun nicht mehr.

Was nun aus dem Ganzen hier wohl werden
mochte, dachte Holthaus, als er den Blick bis zum
Rand der Warft wandern ließ. Auf halber Strecke
stand eine dunkelgrüne Bank, an deren Rückseite
ein schmaler Plattenweg verlief. Wer auf ihr saß,
sah unweigerlich die Kirchwarft vor sich, doch
ziemlich weit weg und klein und jetzt für
Holthaus nur mühsam zu erkennen, weil Nebel-
schwaden die Sicht erschwerten. Fast wirkte das
rohe Holzgestell der Bank ein bißchen verloren
auf dem nackten Erdreich, auf dem außer drei nur
mannshohen Bäumchen, nicht weit davor, nichts
anderes mehr wuchs. Bei der Bank war der Boden
ebener als ringsum, Trittspuren führten auf das
Haus zu, in dem Holthaus sich befand. Sie säße
oft dort draußen, erzählte ihm die Alte, als sie

zurückkam und ihn am Fenster bemerkte, eigentlich säße sie jeden Tag auf der Bank.

Nach einem weiteren Stück Kuchen und noch zwei Tassen Tee machte sich Holthaus auf den Weg zurück. Es war früher Nachmittag. Jetzt reichte ihm die Frau die Hand und überraschte ihn mit erstaunlich festem Druck, der nicht so recht zu ihrer Zerbrechlichkeit passen wollte, die sie verströmte. An der Tür blieb sie stehen, folgte ihm nicht, als er geradeaus auf die Bank zusteuerte, sich mal nach allen Seiten umschaute, um dann zurückzukehren und den Weg zwischen den Häusern zu nehmen, der an ihrem Haus vorbeiführte, auch an einem Schuppen, der an die Rückseite des Hauses stieß. Seine Tür stand halb offen und Holthaus warf rasch einen Blick hinein. Allerlei Kisten und Kartons verteilten sich ungeordnet auf dem Bretterboden und in Regalen an den Wänden, und in der Ecke, gleich neben der Tür, standen ein paar Gartengeräte; einen Spaten erkannte Holthaus, eine große Schaufel, dazu noch einen Rechen und einen derben Reisigbesen, wie er ihn auch bei den Wittensens gesehen hatte.

Um nicht dieselbe Strecke wie für den Hinweg zu nehmen, wählte Holthaus die Tour über die Wetterwarft, von dort aus an der Halligkante entlang zur Kirchwarft hin. Das Wasser kam nun wieder zurück, schon an der Schräglage der Fahrwassertonnen war zu erkennen, in welche Richtung sich der Strom bewegte. Die Flut war in vollem Gange.

Unterwegs erwachte der inzwischen eingeschlafene Regen zu neuem Leben, nun heftiger, der Wind stieß ihm in den Rücken, und völlig durchnäßt kam er schließlich auf der Kirchwarft an, sofort in Empfang genommen von Wittensen, der ihn zwar nicht befragte, der aber, nach seinem Gesichtsausdruck zu urteilen, gerne wissen wollte, was der Polizist bei seinem Besuch der beiden Warften vielleicht noch erfahren hatte.

Doch da gab es keine neuen Gesichtspunkte, keine neuen Fakten, bilanzierte Holthaus bereits auf dem Rückweg. Wie denn auch, woher denn auch? Dabei hatte er sich schon den Plan zurechtgelegt, wie und wann er Wittensen seine abschließenden Schlußfolgerungen am zweckmäßigsten beibringen wollte. Als ihm der Pastor nach seiner Ankunft sogleich über den Weg lief, zauderte er nicht und ging aus dem Stegreif, noch naß vom Regen, in die Offensive, gestand sich im selben Atemzug ein, daß ihm das Verkünden unangenehmer, schwieriger Nachrichten schon viel leichter gefallen war als jetzt bei Wittensen.

„Ich stelle meine Ermittlungen ein. Hinnerk Rensing wurde von der See aus seinem Grab und seinem Sarg geholt und mitgerissen und wird vermutlich für immer verschwunden bleiben. Alle anderen Überlegungen und Darstellungen erübrigen sich."

Holthaus sah den Pastor durchdringend an.

„Wir alle sollten die Sache nun beiseite legen, sollten sie abhaken und zur Tagesordnung übergehen, Herr Wittensen. Es gibt keine Schuldigen, es gibt nichts, was irgendwie strafrechtlich von Belang wäre."

Wieder fixierte Holthaus den Pastor, der ihm mit reglosem Gesicht gegenüberstand.

„Widmen Sie sich dem Tag, dem Hier und Heute, vergessen Sie das Ganze, Herr Wittensen, versuchen Sie's jedenfalls. Sie haben sich nichts vorzuwerfen, nicht das Geringste!"

Weiter wollte sich Holthaus nicht mehr zu der Angelegenheit äußern, schüttelte sich noch ein paar Regentropfen vom Kopf und von der Jacke.

Der Pastor hatte während der ganzen Zeit schweigend vor ihm gestanden, sich nicht gerührt, unverwandt den Blick auf ihn gerichtet, zuletzt ein Lächeln um den Mund, von dem Holthaus nicht wußte, ob es ein befreiendes oder ein schmerzvolles darstellte.

Holthaus räusperte sich. „Ich lauf' dann mal nach oben und ziehe mir was Trockenes über." Er zögerte, jetzt wegzugehen, doch als Wittensen sich immer noch nicht rührte und weiterhin schwieg, drehte er sich um, sah von der Treppe her, daß der Pastor noch immer wie angewurzelt an der Stelle stand, an der er ihn verlassen hatte, und ihm nachschaute.

Daß Wittensen überhaupt nichts sagte, störte ihn; viel lieber wäre es ihm gewesen, wenn ihn der Mann in eine Diskussion verwickelt, seine Sicht der Dinge verteidigt, ihn in hitzige Auseinandersetzungen verwickelt hätte. Auch wenn er inzwischen davon überzeugt war, daß der Pastor bei der Sache mit dem leeren Sarg irrte, einer Sinnestäuschung aufgesessen war, einer Art Fata Morgana, nur allzu gut zu verstehen nach allem, was der Ärmste in diesen Stunden durchmachen mußte. Vielleicht, so hoffte Holthaus, erfaßten den Pastor inzwischen nach und nach erste Zweifel an seiner eigenen Wahrnehmung, begann er allmählich selbst daran zu glauben, daß ihm die Nerven einen bösen Streich gespielt hatten und der Tote tatsächlich von der See geholt wurde, er demnach ein Seemannsgrab im besten Sinne erhielt, wogegen ja im Grunde keiner etwas einwenden konnte und woran Hinnerk Rensing, wenn es ihm vorher bekannt gewesen wäre, vielleicht sogar Gefallen gefunden hätte.

Eine Andeutung von Enttäuschung machte sich auf Wittensens Gesicht breit, als Holthaus ihm später eröffnete, schon am nächsten Tag das Nachmittagsschiff für die Rückfahrt zu nehmen, denn es sei alles getan, seine Aufgabe sei zu Ende.

Richtig hell war es den ganzen Tag nicht geworden, und nun fiel schon am frühen Abend die Dunkelheit mit solcher Macht ein, daß es draußen bald aussah, als sei bereits die tiefe Nacht angebrochen.

Nach dem Abendessen blieb Holthaus noch auf eine Stunde bei den Wittensens hocken, eigentlich war es nur der Mann, denn die Pastorenfrau bekam er nur zu sehen, als sie mit freundlichem

Lächeln das Essen auftrug und wieder abräumte.

Von den Kindern hörte er eine Zeitlang ein paar Geräusche, vernahm ihre hellen Stimmen, ein bißchen Gepolter von oben, dann nichts mehr. So richtig wahrgenommen hatte er die Kinder bislang gar nicht, meist blieben sie unsichtbar für ihn. Nie hörte er sie schreien, wie Kinder schreien, wenn sie herumtollen, und auf dem Friedhof entdeckte er sie kein einziges Mal.

Wittensen war ein leiser Mann, und während sie in kleinen Schlucken den Rotwein tranken, den er nach dem Essen hereinholte, sprachen sie nicht mehr viel miteinander und so war es ziemlich still im Raum, nur hin und wieder meldete sich der Wind von den Fenstern her. Alles schien gesagt, alles schien besprochen, jedenfalls für Holthaus. Eigentlich hätte er gar nicht herkommen müssen, dachte er, es gab eine natürliche Erklärung für das, was da auf dem Friedhof passiert war, nicht justitiabel, dafür interessierte sich kein Staatsanwalt und kein Gericht. Und die Polizei ging es genausowenig an.

Das Gesicht des Pastors kam ihm wieder jungenhafter vor, vielleicht lag es am milden Licht, das die Stehlampe verbreitete. Holthaus mochte den Mann und hätte doch nicht erklären können, warum das so war. Vielleicht, weil er ihm irgendwie wehrlos vorkam, ausgesetzt auf diesem beängstigend kleinen Stückchen Land mitten im Meer, jeden Tag den Tod vor Augen, wenn er aus dem Fenster blickte oder das Haus verließ oder heimkehrte, die Kinder an der Hand, das beginnende Leben. Selbst für einen überzeugten Christen mußten das wohl mitunter schwere Prüfungen sein. Selten hatte er in solch offene, gewinnende Augen gesehen, denen jedes Böse fern zu sein schien.

*

Noch vor dem Frühstück suchte Holthaus, nachdem er Jochimsen seine Rückkehr angekündigt hatte, verbissen nach seinem Autoschlüssel, stellte das Zimmer auf den Kopf. Er trug ihn immer bei sich, selbst dann, wenn er das Auto nicht benötigte, so wie hier auf der Hallig, verstaute ihn immer in der linken Hosentasche. Vielleicht war er ihm in Wittensens Wohnung beim gestrigen Abendessen aus der Tasche gerutscht. Doch die Hoffnung zerschlug sich, sogar die Pastorenfrau suchte mit, doch der Schlüsselbund fand sich nicht an, auch nicht in den Ritzen des Sessels, in dem Holthaus anschließend beim Rotwein versunken war. Unterwegs konnte er den Schlüssel nicht verloren haben, da war er sich ziemlich sicher, weil er aus einer Angewohnheit heraus nicht in den Hosentaschen kramte, wenn er draußen herumlief. Seine Behältnisse waren die Jackentaschen, in denen er alle Dinge unterbrachte, die er für seine Vorhaben benötigte.

Die Hansenswarft kam nicht in Frage, denn gestern früh hatte er den Schlüssel noch in der

100

Hand gehabt, daran erinnerte er sich gut, auch nicht die Obelitzwarft, dort hatte er sich nirgendwo hingesetzt. Blieb noch die Ivertsenswarft, Merle Jonassons Haus. Doch sie hätte ihn bestimmt längst gefunden und angerufen, mutmaßte Holthaus. Wittensen schüttelte den Kopf. Merle Jonasson verfügte über kein Telefon, es gab nur einen Anschluß auf der Warft und der befand sich im Haus des Verwalterpärchens, das den Apparat bei längerer Abwesenheit stillegte. Daß ausgerechnet ihm, dem Polizisten, dieses Mißgeschick mit dem Schlüssel passierte, ärgerte ihn gewaltig.

Mit Wittensens Auto, das dieser ihm gleich anbot, fuhr Holthaus los, obwohl er wieder gut zu Fuß hätte gehen können, denn das Schiff legte erst am Nachmittag ab. Unterwegs kamen ihm ein paar Leute entgegen, wohl die Besucher, die den Pastor daran hinderten, ihn selbst zu kutschieren, was er gestenreich bedauert hatte.

Das Wetter blieb sich treu, wieder nur dichte Wolken in allen möglichen Grauabstufungen, tief heruntergezogen, aus denen jederzeit ein heftiger Regenschauer niederprasseln konnte, verbunden mit böigen Windstößen. Holthaus vermochte sich nicht zu erinnern, bisher auch nur einen einzigen Sonnenstrahl seit seiner Ankunft auf der Hallig gesehen zu haben.

Im Regen stieg er den Weg zur Ivertsenswarft hoch, lief zwischen den Häusern hindurch und steuerte als erstes die Bank vor Merle Jonassons Haus an. Dabei war er sich ziemlich sicher, daß er dort den kleinen Schlüsselbund nicht verloren haben konnte, denn er erinnerte sich nicht, sich auf die Bank gesetzt zu haben. Trotzdem umrundete er suchend das klobige Holzgestell. Vom Schlüsselbund keine Spur. Zu den dünnen, blattlosen Bäumchen hin senkte sich der Boden ein wenig, ein paar schmale Risse zeigten sich in der von Fußabdrücken gezeichneten Fläche. Das war ihm gestern nicht aufgefallen. Um den Stamm des mittleren Bäumchens zog sich, als er genauer hinblickte, ein feiner, nahezu kreisförmiger Riß.

Holthaus sah auf, hinüber zur merkwürdig klar zu erkennenden Kirchwarft mit ihren wie ein kleines Wäldchen anmutenden Bäumen. Wo sie standen, war der Friedhof, waren die Gräber. Bei einem seiner nächsten Schritte erwischte er eine offenbar vom Regen aufgeweichte Stelle bei der kleinen Baumgruppe, sackte mit dem rechten Schuh etwas ein. Beinahe wäre er gestrauchelt, machte rasch einen großen Schritt zur Seite und betrachtete den Abdruck seines Schuhs, der sich rasch mit Wasser füllte.

Es hatte aufgehört zu regnen, dafür meldete sich der Wind mit noch heftigeren Böen. Als er sich wieder zur Bank drehte, bemerkte er Merle Jonasson. Sie stand vor ihrem Haus, vor der geöffneten Tür, auf ihren Stock gestützt, das dunkle Tuch mit den weißen Rändern um die Schultern geschlungen. Er hatte wieder kein Geräusch vom Haus her vernommen und wußte nicht, wie lange sie bereits dort stand. Holthaus zeigte auf die

Stelle, wo er eingesunken war, einfach so, in einer Art Verlegenheitsgeste. Die alte Frau rührte sich nicht, wirkte erstarrt wie eine steinerne Figur, wenn nicht der Wind in dieser Sekunde in das Tuch um ihre Schultern gefahren wäre und es ein bißchen aufbauschte. Er warf einen erneuten Blick auf die kleine morastige Stelle im Boden und wandte sich dann wieder der Frau zu, die ihn unentwegt in ihrer eigenartigen Bewegungslosigkeit anschaute. Da stellte er überrascht fest, daß sie weinte, wohl schon seit längerem, denn ihre Wangen glänzten in einem dünnen Streifen bis zum unteren Rand. Holthaus fühlte sich unwohl bei diesem Anblick, sah zum Boden und zu den Bäumchen und zur Bank hin, wobei er mit ausgestrecktem Arm unbeholfen in die Runde wies. Dabei kam er sich reichlich töricht vor, obwohl er ja tatsächlich etwas suchte, auch wenn ihm inzwischen völlig klar geworden war, daß er hier draußen den Autoschlüssel nicht finden würde. Die Frau änderte ihre Haltung nicht, als er sich langsam näherte und sie sich schließlich gegenüberstanden, vielleicht zwei Schritte voneinander entfernt. Gerade wollte Holthaus sein erneutes Erscheinen auf der Warft erklären, da bewegten sich die Lippen der Greisin, sie zitterten und bebten, ganz wenig nur, während einzelne Tränen langsam an ihnen vorbeiliefen, auf die Erde herabfielen oder ihren Weg in die Falten ihres runzeligen Halses fortsetzten.

„De Hinnerk hät jüst nech wullt, dat he bi den

Boye to liggen kummt, dat hät he nech wullt, nee, nee, dat hät he nech wullt", sagte die Frau dann. Ihre Stimme war so leise, daß Holthaus noch nähertrat, um über das Windgeräusch hinweg besser zu verstehen, was sie sagte. Er schwieg, weil er beobachtete, wie es in den Mundwinkeln der Alten unablässig arbeitete, wollte sie weiterreden lassen, nickte aufmunternd mit dem Kopf, wie er es immer tat, wenn er Menschen zum Weitersprechen bewegen wollte, erst recht in Situationen, wenn er sich noch keinen Reim darauf machen konnte, was er zu hören bekam.

„De Hinnerk hät em nix doon, nech eenmol hät he em wat doon."

Die Alte verstummte, während der Tränenfluß zunahm. Holthaus sagte noch immer kein Wort, nickte ihr wieder zu, als bestätige er das, was er gehört hatte.

„Aver de Boye, dat wier 'n fiesen Kääl", fuhr sie dann fort, „de hät min Hinnerk jümmers triezt, hät em ok haut, an 'n Kopp. Joo, dat hät he doon, dat wier 'n fiesen Kääl, hät min leeven Hinnerk haut."

Aus der Tiefe des schwarzen Kittels zog sie ein weißes Tuch hervor und wischte sich damit über die Augen und das Gesicht. Ihre Hand zitterte leicht. Holthaus sagte immer noch nichts, und die Alte war zu sehr mit sich selbst beschäftigt, um sein Schweigen wahrzunehmen.

„Ick kunn em jüst nech do liggenlooten, do bi den Boye. Dat mööt Sei jüst verstohn, Herr

Schandarm. Do, wo de Paster em hät engraven looten, do bi den Boye. Dat güng jüst nech." Ein heftiger Schluchzer entrang sich ihrer Brust, der den schmalen Körper erbeben ließ.

„Ick kunn em do bi den Boye nech looten, nee, dat kunn ick nech."

Holthaus hielt den Atem an. Was sagte da die alte Frau? Von was sprach sie? Was erzählte sie ihm da? Ein ungeheuerlicher Verdacht keimte in ihm auf, den er sogleich fortschob, verdrängte, unter gar keinen Umständen als wahrhaftig, als wirklich zulassen wollte. Doch Merle Jonasson sprach weiter, leise, stockend, während ihr die Tränen nun in einem unregelmäßigen, doch nicht enden wollenden Strom die Wangen herabliefen.

„Do hät min Hinnerk sien Roh nech hadd, nee, to keene Tied hät he sien Roh hadd bi den Boye." Sie nickte mit dem Kopf vor sich hin. „Dat wier 'n böösen Mann, sonn böösen Kääl, hät min Hinnerk jümmers triezt. Un denn heff ick em avholen looten. Un nu hät he sien Roh, min Hinnerk, he hät sien Roh nu, he kunn nu sloopen bet to 'n jöngsden Daag."

Holthaus verstand nicht sofort jedes Wort, das die Alte sagte, doch seine Kenntnisse des nordfriesischen Dialekts reichten vollkommen aus, um die Botschaft der Frau aufzunehmen. Ihre Gestalt kam ihm jetzt noch unscheinbarer, zerbrechlicher vor und als sie heftig zu schwanken begann und zu stürzen drohte, fing er sie auf. Sie war leicht wie eine Feder und reichte ihm nur bis zur Schulter.

Als er sie ins Haus zurückführen wollte, sträubte sie sich und zog ihn mit zur Bank, wo sie die Regentropfen mit einem Tuch, das sie auch aus ihrem Kittel beförderte, beiseite wischte. Eine ganze Weile saßen sie nun nebeneinander, Merle Jonasson und der Polizist, ohne daß ein Wort fiel. Der Himmel zeigte ein Erbarmen und hielt sich mit Regen zurück. Holthaus hatte längst verstanden, sein Blick fuhr den Erdboden zu seinen Füßen ab, als sei ein Vorhang aufgezogen worden. Die feinen Risse, um eines der Bäumchen beinahe kreisförmig verlaufend, die kaum wahrnehmbare Vertiefung des Bodens, nun ergab alles einen Sinn und Holthaus sah auf, verlängerte den Blick an den dünnen Stämmchen vorbei zu den fernen Baumkronen der Kirchwarft in einer geraden, durch nichts verstellten Linie und begriff: Er saß am Grab von Hinnerk Rensing.

Ein paarmal beugte er sich vor und schaute zu der Alten hinüber, doch sie schien ihn nicht wahrzunehmen, sah unverwandt vor sich hin auf den Boden. Auf Hinnerk Rensings Grab, schoß es Holthaus entsetzt durch den Kopf, immer wieder, ja, sie schaute auf den Mann hinab, nach dem die ganze Hallig suchte, und der lag hier vergraben, auf der Ivertsenswarft, noch dazu vielleicht ein gutes Stück weniger tief als drüben in dem Grab, das der Pastor für ihn hatte ausheben lassen.

Holthaus plagten keinerlei Zweifel mehr, und doch wollte er sich noch die letzte Bestätigung einholen für das schier Unglaubliche. Er zeigte auf die Erde zu seinen Füßen, zeichnete ungelenk mit dem Finger in der Luft einen unsichtbaren Kreis und blickte dabei zur Alten hinüber. Er fragte sie nichts, sagte nur halblaut vor sich hin:

„Hinnerk Rensings Grab …. hier …. sein Grab ist hier ..."

Und Merle Jonasson nickte, erst zaghaft, dann heftiger, schneller, so als ob sie eine schwere Last abschütteln wollte.

„Joo", sie schluchzte leise, „joo, un nu heff ick em he op de Warft, joo, do liggt he."

Sie hob einen Arm ein bißchen an, wie um auf die Stelle zu zeigen, wo sich das Grab befand.

„Un nu es he bannig noh to mi, ick heff em jümmers an miene Siet, so noh to mi, miene Hinnerk, joo, miene Hinnerk."

Die Alte verfiel in Schweigen, sah vor sich hin, ließ die Tränen in ihren Schoß fallen, auf den schwarzen Stoff des Kittels und auf ihre Hände, die sie auf ihren sich deutlich abzeichnenden mageren Beinen abgelegt hatte.

Holthaus drehte sich um, die Häuser lagen wie schlafend, heimliche Lauscher konnte es nicht gegeben haben. Die Warft war jetzt nicht bewohnt und Merle Jonassons dünnes Stimmchen hätte sowieso niemand verstehen können, selbst wenn einer bis auf zwei Meter herangekommen wäre. Während er fieberhaft überlegte, was nun zu tun sei, verhielt sich die Alte bis auf ein paar weitere Schluchzer ganz still. Sie saß nun so dicht neben ihm, daß sie ihn hin und wieder berührte. Als wieder einige Regentropfen fielen, stand sie mühevoll auf und ging wortlos zum Haus zurück. Holthaus folgte ihr wie in stummer Übereinkunft.

Und dann erfuhr der Polizist von Dingen, die er nicht für möglich gehalten, von denen er zuvor noch nie gehört hatte, daß sie auf diese oder ähnliche Weise anderswo geschehen waren.

Merle Jonasson erzählte, sie erzählte in einem fort, je länger es dauerte, umso schneller sprach sie, geriet nur ins Stocken, wenn Schluchzer sie überwältigten oder die Tränen zu reichlich flossen. Holthaus ließ sie reden, unterbrach sie allenfalls, wenn er mit ihrem Dialekt nicht zurechtkam, stellte nur vereinzelte Fragen, hörte der kleinen, zittrigen Frau zu, sah sie an, fast unentwegt. Und Merle Jonasson erwiderte seinen Blick, richtete ihre von den vielen Tränen verschatteten Augen auf ihn, knetete ihr zerknülltes weißes Taschentuch, das sie sich immer wieder ins nasse Gesicht drückte, mit beiden Händen.

Hinnerk Rensing war schon bald nach seiner Beerdigung zur Ivertsenswarft umgesiedelt. Nur wenige Tage nach dem Begräbnis, in einer besonders dunklen, stürmischen Nacht, hatte Malte Kröger, ihr Großneffe, den Toten ausgegraben und zur Ivertsenswarft geholt. Viele Einzelheiten wußte die Alte nicht, der Großneffe hatte ihr gewiß nur das Nötigste erzählt. Holthaus reimte sich zusammen, wie es in dieser fürchterlichen Nacht wohl zugegangen sein mochte.

Gut, das Grab lag an einer ziemlich versteckten Stelle auf dem Friedhof, jedenfalls von der Wohnung des Pastors nicht einzusehen. Unbeobachtet ans Grab zu gelangen war sicher nicht schwierig, doch dann mußte der junge Mann den Hügel des neuen Grabes abtragen, sich bis zum Sarg herunterarbeiten, ihn öffnen, den Toten herausholen, aus dem Grab herausschaffen, in der Nähe ablegen, den Sargdeckel wieder ordentlich festschrauben und alles wieder zuschaufeln und so herrichten, daß niemand Verdacht schöpfen konnte. Offensichtlich war das dem Großneffen gelungen, erleichtert vielleicht auch durch den Umstand, daß frische Gräber meist in den ersten Tagen durch die aufgeworfene Erde, durch Kränze und Blumengebinde und Schleifen ohnehin erschreckend ramponiert und verwildert aussahen, auch wenn bei Hinnerk Rensing das ganze Drumherum wohl ein bißchen dürftig ausgefallen war. Über die nötigen Kräfte verfügte Malte Kröger offenbar, er war Tischler, ein großgewachsener Mann, Särge waren ihm nicht fremd. Und er kannte sich aus auf der Hallig. Über die Fennen sei er hingelaufen, sagte die Alte, über die Salzwiesen, und so sei er auch wieder heimgekehrt, den Toten in der Schubkarre, notdürftig in einen großen Jutesack eingepackt. Niemand bemerkte wohl in der finsteren Nacht den merkwürdigen Transport. Im Oktober war es schon ziemlich ruhig auf der Hallig, es gab so gut wie keine Fremden mehr. Und die Halligleute wußten Besseres zu tun, als sich nachts am Friedhof und auf den mit Prielen durchzogenen Fennen herumzutreiben. Das mit den Prielen war sowieso ein Ding für sich, nicht ungefährlich, doch Malte Kröger wußte, wie sie verliefen, brauchte nicht mal seine Lampe, wie er seiner Großtante erzählte. Aber er war reichlich erschöpft, als er zurückkam. Hinnerk Rensing gehörte zwar nicht zu den schwergewichtigen Männern, doch die Schufterei durch die Wiesen hatte es in sich gehabt, und Malte Kröger brauchte erst eine Pause, ehe er den Toten zusätzlich in Segeltuch einschlug und dann im vorbereiteten Grab auf der Warft versenkte. Ein richtiges Grab war das eigentlich nicht, eher ein mehr oder weniger rundes Loch, nur so groß, daß Hinnerk Rensing irgendwie reinpaßte, aber doch ordentlich tief. Malte Kröger hatte das auf seine Weise hingekriegt, und seine Großtante bekam nur die Hälfte mit, wollte nicht zu nahe dabeisein. Sie blieb in der offenen Türe stehen, hörte mehr als sie sah, was sich nicht weit von ihr abspielte im Dunkel der Nacht. Und im Nu war die kleine Grabstätte dann wieder geschlossen mitsamt den drei schmalen Bäumchen obendrauf.

Bei Tagesanbruch arbeitete der Großneffe die Angelegenheit auf der menschenleeren Warft noch etwas nach, lief dann wie zufällig auf der Suche nach vielleicht übersehenem Strandgut vom letzten Landunter die nächtliche Tour über die Fennen ab, um vielleicht verbliebene verräterische Spuren zu tilgen. Doch alles war in Ordnung, auch auf dem Friedhof, den er am Nachmittag unter dem Vorwand verstohlen in Augenschein nahm, nach schadhaften Bänken in der Kirche zu sehen und diese wieder in Ordnung zu bringen, was er in regelmäßigen Abständen zu Pastor Wittensens großer Freude erledigte, ohne dafür Geld zu nehmen.

Als sie alles gesagt hatte, atmete Merle Jonasson hörbar durch und schwieg sodann, als ob es für immer sein sollte. Holthaus stand auf und trat ans Fenster und blickte zu der Stelle hin, an der Hinnerk Rensing nun begraben lag. Verbotenerweise, wie er wußte, die ganze Sache war gesetzeswidrig. Störung der Totenruhe, Grabschändung, Beisetzung an verbotenem Ort. Sehr wahrscheinlich gab es noch mehr Gesetze und Verordnungen, gegen die Malte Kröger und Merle Jonasson verstoßen hatten, sie als Anstifterin, er als der ausführende Täter.

Holthaus war nicht wohl zumute, er schaute lange über das verbotene Grab hinweg, geradewegs zur fernen Kirchwarft hin, wo in diesem Augenblick vielleicht Pastor Wittensens gütiges, jungenhaftes Gesicht erneut von Kummerfalten heimgesucht wurde, weil er sich noch immer mit den Gedanken über den verschwundenen Toten quälte.

Mit einem Ruck drehte sich Hauptwachtmeister Jasper Holthaus zu der alten Frau um, die sich zuletzt nicht mehr gerührt hatte und ihn nun angsterfüllt anstarrte.

„Niemt Sei mi nu gliek met, Herr Schandarm?" hörte er sie dann leise fragen und sie begann, sich aus ihrem Stuhl hochzudrücken. Holthaus bedeutete ihr mit einer vorsichtigen Handbewegung, doch lieber sitzenzubleiben.

„Un mien leeven Malte, he ok? Kummt he nun ok in't Gefängnis?"

Der versiegte Tränenfluß erwachte zu neuem Leben. „He hät nix Bööses doon, loot em rut ut allens, he seggt nix, to keen Minsch op de Welt, he seggt nix över dat allens."

Holthaus traf in Sekundenschnelle eine Entscheidung, von der er wußte, daß sie gegen seine Pflichten als Polizeibeamter verstieß. Er faßte einen Entschluß und sagte nichts, schaute die alte Frau nur an und legte den Zeigefinger der rechten Hand auf seine Lippen. Merle Jonasson begriff nicht sogleich, sah entgeistert zu ihm auf, wieder schickte sie sich an aufzustehen, doch Holthaus war schnell bei ihr und drückte sie, indem er behutsam die schmalen Schultern berührte, auf den Stuhl hinunter, trat zurück, legte erneut seinen Finger auf die Lippen. Da ging es wie ein Erkennen über das Gesicht der Greisin, das faltendurchfurchte alte Gesicht verzog sich zu einem zaghaften Lächeln, und aus der Tiefe ihres Schoßes tauchte ihre Hand auf, von der sich der dünne, gekrümmte Zeigefinger abspreizte, den sie nun zitternd auf ihre eigenen Lippen führte. So verhielten sie ein paar Wimpernschläge, der Polizist und die alte Frau. Holthaus nickte dabei noch wie bestätigend mit dem Kopf. Als sie doch noch Anstalten machte, etwas zu sagen, beschied Holthaus das nur noch mit einem klaren, lauten „Nein", legte erneut den Finger auf die Lippen, wartete geduldig, bis sie wiederum das Gleiche tat und war dann mit wenigen Schritten aus der Stube und aus dem Haus.

Wittensen stieg, als er nach Holthaus' Rückkehr die Kunde von der Ergebnislosigkeit der Schlüsselsuche vernahm, die Treppen hoch und tat sich noch selbst im Zimmer seines Gastes um, während Holthaus um das Kirchenschiff strich und sich ein letztes Mal Hinnerk Rensings offenes Grab ansah, das bis auf ein bißchen nachgestürzte Erde genauso dalag, wie er es bei seiner Ankunft vorgefunden hatte. Noch immer stand Wasser auf seinem Grund, aus dem grobe Erdbrocken herausragten. Die Überlegung, was es mit diesem Grab auf sich hatte, was sich in dunkler Nacht dort ereignete, ließ Holthaus mehrfach näher an die Öffnung herantreten und hineinschauen. Nun kamen ihm die Abmessungen ein bißchen größer vor; wahrscheinlich traf das sogar zu, denn der Großneffe benötigte sicher ein Mindestmaß an Bewegungsfreiheit in der Erde, um den Toten an die Oberfläche zu schaffen. Und das ganz alleine! Wahnsinn, der reine Wahnsinn! Malte Kröger nötigte ihm uneingeschränkten Respekt ab, auch wenn er sich natürlich gesetzeswidrig verhalten hatte.

Die Sache mit dem Schlüssel wurmte Holthaus

nur kurz, dann fand er sich damit ab. Jochimsen brauchte davon nichts zu wissen. „Ihnen als Polizist passiert das?" So oder so ähnlich würde er wohl von ihm zu hören bekommen. Natürlich wußte er, wie man ein Auto ohne Schlüssel aufmacht und kurzschließt; über die notwendigen Utensilien für die beschädigungsfreie Öffnung der Tür verfügte die kleine Werkstatt am Festlandshafen, also gab's kein wirkliches Problem damit, doch ärgerlich war's trotzdem.

Bis zum Ablegen des Schiffes waren es noch gute drei Stunden. Holthaus packte den Rest seiner Sachen zusammen und setzte sich dann zu Wittensen, der die ganze Zeit in seiner Nähe geblieben war. Geld für Kost und Logis wollte er anfänglich nicht annehmen, doch Holthaus bestand darauf. Eine Kanne Kaffee hatte die Pastorenfrau auf den Tisch gestellt, und von oben hörte er sie kramen, weil auch sie wohl noch nach seinem Autoschlüssel suchte.

„Was machen Sie nun mit Rensings Grab?" fragte Holthaus, „es ist leer, den Toten hat die See geholt, daran gibt es für mich keinerlei Zweifel mehr. Kein Toter, kein Sarg." Holthaus korrigierte sich. „Ein leerer, zerstörter Sarg." Er stutzte kurz. „Den haben Sie inzwischen wegholen lassen? Von der Gemeinde, von Gemeindearbeitern?"

Wittensen nickte stumm und atmete tief, fuhr sich mit beiden Händen übers Gesicht und durchs Haar.

„Hinnerk Rensing wurde ein Opfer der Sturmflut", fuhr Holthaus fort. Es kostete ihn eine fast als körperlichen Schmerz empfundene Überwindung, Auge in Auge mit dem Pastor dessen zutreffenden Beobachtungen zu verdrängen und den Ablauf wahrheitswidrig anders darzustellen. Er zwang sich bewußt zum langsameren Sprechen und betonte jedes Wort mit besonderem Nachdruck: „Der Tote wurde aus dem Sarg gerissen und fortgespült! So ist es gewesen, Herr Wittensen, genauso ist es passiert! Nur so! Nur so!"

Schon im Ansatz wollte er erneut aufflammende Zweifel beim Pastor verhindern. Wittensens blaßblaue Augen ruhten unverwandt auf seinem Gesprächspartner, er verfügte nur über sehr wenig Bartwuchs, wodurch sein Gesicht noch weicher, noch verletzlicher wirkte.

„Was machen Sie jetzt mit dem leeren Grab?" wiederholte Holthaus, „was machen Sie damit?"

Sekundenlang blieb es still im Raum, auch von oben waren keine Geräusche mehr zu hören.

„Es bleibt das Grab von Hinnerk Rensing", antwortete dann der Pastor und er machte den Eindruck, daß er über die Angelegenheit bereits nachgedacht hatte, „er hat es bezahlt, es gehört ihm. Es wird das Grab von Hinnerk Rensing bleiben."

Wittensen begleitete ihn zum Anleger, wartete aber nicht, bis das Schiff losfuhr, sondern reichte ihm bald die Hand und schaute ihn lange an. „Auf Wiedersehen", sagte er, schüttelte dabei erneut die Hand des Polizisten, „auf Wiedersehen. Kommen Sie doch wieder mal bei uns vorbei, wir würden uns sehr freuen." Dann drehte er sich um und ging davon. Holthaus sah ihm noch eine Weile nach und als er schon dachte, daß der Pastor mit den Gedanken längst woanders war, blickte dieser zurück und winkte ihm mit einer linkischen Bewegung zu.

Im letzten Moment erschien noch Bürgermeister Kruse, der von Holthaus' Abreise erfahren hatte, und tat kund, daß er sowieso gewußt habe, daß die Sache mit Hinnerk Rensing von Anfang an in Ordnung war und der sich einfach durch die Priele auf- und davongemacht hätte, als das Wasser kam, was ja, wenn man sich das richtig überlegte, doch eigentlich gar keine so schlechte Idee sei, schließlich sei der mal Seemann gewesen. Noch während er sprach, suchte er Holthaus' Gesicht nach einer Reaktion ab.

„Es dat nech so, Herr Kommissar?" fragte er, als eine Entgegnung des Polizisten ausblieb, „es dat nech so west mit den Hinnerk und sien Holzkest?"

Holthaus nickte, verzichtete amüsiert lächelnd auf die Richtigstellung, was den Kommissar anging und ließ Kruse dann kurz wissen, daß er den Fall inzwischen genauso sehe und daß nun der Pastor hoffentlich bald zu Ruhe käme und gleich dazu die ganze Hallig auch. Kruse genügte das offenbar, mehr wollte er wohl nicht hören, denn im Nu war er wieder in seinen Wagen gestiegen und brauste davon.

Kaum war Holthaus an Bord gegangen, flogen die Festmacherleinen aufs Schiff zurück und los ging die Fahrt. Auf der Brücke stand derselbe Mann wie auf der Hinreise. Es schien, als ob er heute das Oberteil einer seemännischen Uniform trug und er hob, ohne die Miene zu verziehen, bedächtig die Hand an die Mütze, als Holthaus zu ihm hochsah. Ein paar Minuten blieb er noch an Deck, obgleich es dort durch den auflebenden Wind empfindlich kühl wurde. Rasch verloren die Warften ihre Konturen. Als erstes verschwand die Kirchwarft im milchigen Grau, dann auch alle anderen Warften. Der Himmel war auf die See hinabgesunken. Dort, wo vor kurzem noch die Hallig lag, wo Menschen und Tiere lebten und Bäume und Sträucher und Gräser wuchsen, gab es nun nichts mehr zu sehen als nur noch das Meer und eine atemberaubende Ferne.

*

Jochimsen ließ sich nur kurz berichten, wie es Holthaus auf der Hallig ergangen war, blätterte unlustig in dessen Bericht herum und hieb ihm alsbald einen Stapel Akten mit neuen Fällen auf den Schreibtisch.

Sechs Monate später bestellte Jochimsen ihn umständlich in sein Zimmer, um aus dem Hauptwachtmeister einen Kommissar zu machen und Holthaus stellte sich Bürgermeister Kruses Gesicht vor, wenn er ihm beim nächsten Halligbesuch eröffnete, daß er ihn nun gefälligst mit dem neuen Titel anzureden hätte. Doch es zog ihn genausowenig zu der dem Meer abgerungenen und von diesem seit Menschengedenken feindselig umlagerten winzigen Landfläche hin wie vorher schon. Im übrigen war wohl alles gutgegangen auf Uthoog, denn eine erneute Überschwemmung der Kirchwarft wäre ihm bestimmt zu Ohren gekommen.

Nach vier Jahren rief er aus einer Laune heraus Pastor Wittensen an, der ihm immer noch leidtat. Der Mann hatte ja völlig recht gehabt mit seinen Wahrnehmungen an jenem Tag, hatte nicht phantasiert, hatte sich nichts eingebildet. Der Sarg war tatsächlich leer gewesen, als er vor seinen Augen am Baum zersplitterte.

Doch dazu sagte er kein Wort, als er den Pastor wiedersah, der bei seinem Anruf ganz aufgeregt losredete und darauf bestand, daß er ihn besuchen kam. Erste graue Haare zeigten sich an Wittensens Kopf, doch sein Gesicht war kaum gealtert und wirkte freundlich und jungenhaft, wie Holthaus es in Erinnerung hatte.

Auf dem Friedhof hatte sich nicht viel verändert, abgesehen davon, daß die Spuren der verhängnisvollen Sturmflut getilgt waren. Es gab vielleicht fünf oder sechs neue Gräber. Eines davon war Merle Jonassons Grab, die schon im darauffolgenden Jahr starb. Es lag ganz im hinteren Bereich des Friedhofs, ziemlich weit weg von

Hinnerk Rensings besonderem Grab. Alle wunderten sich, doch sie hatte auf diesen Platz bestanden, erzählte Pastor Wittensen, ganz dicht zum Warftrand hin, so daß kein weiteres Grab, höchstens noch ein Baum dazwischen paßte. Als Holthaus den Kopf hob, blickte er über Merle Jonassons Grab hinüber zur Ivertsenswarft, die wie ein unwirkliches Gebilde durch den aufziehenden Dunst zu schweben schien; es war mitten im Jahr und alle Bäume auf ihr standen in vollem Laub.

Hinnerk Rensings Grab machte dafür, daß keiner drinlag, einen gepflegten Eindruck. Ja, sagte ihm Wittensen, es kämen immer wieder Leute, die mal Unkraut zupften oder ein paar Blumen hinstellten, obwohl sie alle wüßten, daß der Tote irgendwo im Meer ruhe. Und nicht lange nach der verheerenden Flut, erzählte der Pastor weiter und wies zum Grab hin, habe er selbst noch die Holztafel mit einem Spruch an dem bald aufgestellten Kreuz anbringen lassen, den er in einem alten Walfängerbuch gefunden hätte. „De See gevt em, de See nohm em", las Holthaus und dachte daran, daß das mit der See nicht stimmte, denn hier war sie leer ausgegangen. Aber das wußte nur er, dachte er weiter, bis ihm der Großneffe der Alten einfiel. Der wohnte inzwischen im Haus seiner Großtante, war endgültig vom Festland auf die Hallig gezogen. Holthaus bewog Wittensen unter dem Vorwand, von dort für Fotos den besten Blick auf die benachbarte Insel zu haben, mit ihm zu Ivertsenswarft zu fahren.

Der Großneffe werkelte draußen am Haus herum, als sie eintrafen. Nein, Malte Kröger ahnte nicht im geringsten, daß der Polizeibeamte, als den ihn der Pastor vorstellte, alles wußte, Merle Jonasson hatte es ihm nicht verraten. Holthaus war erfahren genug, um diesen Schluß zu ziehen, als er das unbekümmerte Auftreten des Mannes beobachtete, das sich auch nicht änderte, als sie sich der Bank und den in die Höhe geschossenen Bäumen näherten, unter denen Hinnerk Rensing begraben lag. Holthaus machte ein paar Fotos, kreuzte wie unbeabsichtigt zwischen den Stämmen mehrfach die Stelle, unter der sich das Grab befinden mußte. Einem Unwissenden bot sich nicht der kleinste Hinweis auf das Geheimnis, das sich zu seinen Füßen verbarg.

Für die Rückfahrt nahm Jasper Holthaus wieder das Nachmittagsschiff, so wie er es vor vier Jahren getan hatte, verzichtete auf eine Übernachtung, zu der ihn der Pastor einlud und ihm nebenbei noch sagte, daß sich der Autoschlüssel auch später nicht mehr angefunden hätte, nicht in seinem Haus und auch nirgendwo anders auf der Hallig.

Dieses Mal ging Ole Wittensen nicht früher heim; er wartete geduldig, bis das Schiff die Leinen löste. Dann, nach erst zögerlichem Beginn, winkten der Pastor und der Polizist einander zu, bis sie sich endgültig aus den Augen verloren.

Übersetzung wesentlicher Wörter und Begriffe aus der nordfriesischen bzw. norddeutschen Sprache

aver	aber
bannig	ziemlich, sicher
biden	beiden
Daag	Tag
decht	dicht
deep	tief
Deern	Mädchen, junge Frau
dien	dein
doon	getan
dordör	dadurch
gevt	gab
gliek	gleich
Graff	Grab
Hart	Herz
jümmers	immer
jüst	gerade, doch
Kääl	Kerl
Karkhof	Friedhof, Kirchhof
Krüüzfohrt	Kreuzfahrt
kunn	kann
leeven	lieben
liggenlooten	liegenlassen
Lüüd	Leute
mööt	müssen
nohm	nahm
ok	auch

Roh	*Ruhe*
Schandarm	*Polizist*
seggen	*sagen*
sloopen	*schlafen*
sünst	*sonst*
Tied	*Zeit*
tosamen	*zusammen*
ward	*wird*
west	*gewesen*
wist	*willst*
wöörn	*waren*
worn	*geworden*

Wind, der übers Wasser streicht

Wolfgang Brammen / Roman / 342 Seiten
€ 19,90, ebook € 15,99 / ISBN 978-3-8391-7277-3
Verlag: BoD, Noderstedt

Ein glutheißer Sommer versengt den stillen, verloren wirkenden Landstrich, auf den der dunstige Himmel oft übergangslos herabzusinken scheint. Wochenlang will kein Regen fallen, Trockenheit breitet sich aus, wie es sie seit Jahr und Tag nicht mehr gab. Dumpf brütet die Hitze über dem entlegenen Gehöft der Amfeldes, zu dem es Frederik bei der Suche nach einem Zimmer verschlägt. Auf seinen Streifzügen durch die verwilderte Umgebung des Hofes findet er bald den mächtigen Schilfwald eines düsteren Moores und unweit hiervon einen See, auf den der Wind manchmal seltsame Muster zeichnet.

Rätselhafte Äußerungen eines alten, wunderlichen Landstreichers, der sich dort bisweilen herumtreibt, machen ihn stutzig, schüren am Ende seinen Argwohn, daß er einem Geheimnis auf der Spur sein könnte, das dunkel und unselig auf dem Anwesen der Bauernfamilie lastet. Neugierig forscht Frederik weiter und gerät schließlich in Lebensgefahr, als er auf die Überreste monströser Geschehnisse stößt, die sich vor Jahrzehnten in der Gegend zutrugen und seither dem Verschweigen und Verdrängen überantwortet waren.

Schicksalhafte Ereignisse, an die niemand mehr rührte, bis zu eben jenem Tag, an dem Frederik, der junge Mann aus dem Norden, seinen Wagen auf den staubigen Platz vor dem Bauernhaus lenkte …

Draußenkind

Wolfgang Brammen / Erzählung / 146 Seiten
€ 9,90, ebook € 7,99 / ISBN 978-3-8448-3235-8
Verlag: BoD, Norderstedt

Eine Kindheit am Ende des Zweiten Weltkrieges und in den Jahren danach. Ohne Fernsehen, ohne Internet, ohne Spielekonsole, die Welt fand draußen statt, bei fast jedem Wetter – ein „Draußenkind". Noch Auge in Auge mit Soldaten, den deutschen wie den vorrückenden fremden Soldaten. Erzählt wird Simons Geschichte aus der Sicht des Kindes, ganz nahe bei den Gedanken des Kindes, die immer auch die Sprache des Kindes sind. Simon erinnert sich an Dinge, die sich ihm einprägten schon in frühesten Jahren, in einem Alter, in dem die damals Erwachsenen und auch die schon älteren Kinder dies vermutlich kaum für möglich hielten. Sind es am Anfang nur Fragmente, nur Bruchstücke, so gewinnen seine Erinnerungen mit den fortschreitenden Monaten und Jahren seines Lebens mehr und mehr an Fülle und Detail.

Die kindliche Welt kennt kaum Schrecken und Not wie Erwachsene, sie ist barmherzig eingesponnen in ihre engumgrenzte Wahrnehmungsfähigkeit und ihr größtenteils fehlendes Verständnis und Verstehen von Zusammenhängen. Bei Simon ist dies nicht anders. In einer Zeit des Umbruchs und der Nachkriegswirren erlebt er eine abenteuerliche, nicht selten auch gefährliche und doch so wundervolle, einzigartige Kindheit, der nichts und niemand – schon gar nicht das wenige Leid oder Unrecht, das ihm vermeintlich oder tatsächlich widerfuhr – etwas von ihrem unvergleichlichen Zauber für ihn nehmen kann. Zeitlebens wird er mit wehem Herzen an sie zurückdenken.

Es waren stille Tage

Wolfgang Brammen / Erzählungen / 236 Seiten
€ 9,90, ebook € 7,49 / ISBN 978-3-7386-0442-9
Verlag: BoD, Norderstedt

Sechs Erzählungen, wie das Leben sie wohl schreiben könnte, vielleicht auch schon geschrieben hat, genauso oder so ähnlich, irgendwann, irgendwo. Oder sind es vielleicht eigene Erlebnisse, zumindest ein Teil davon, von denen der Autor erzählt? Erträumte er sie sich, sehnte er sie herbei, schlummerten sie womöglich schon seit langem als verborgene Gedanken und Wünsche in seinem Innersten?

Wer sich ans literarische Schreiben heranwagt, gibt viel von sich preis, macht sich verwundbar, selbst wenn er das nicht möchte. Die Grenzen zwischen Erfundenem, zwischen Ausgedachtem und dem eigenen Leben des Schreibenden verschwimmen meist bis zur Unkenntlichkeit. Eine klare Trennung ist nicht möglich, und jeder Autor tut deshalb gut daran, es gar nicht erst zu versuchen. Er begibt sich, ob er es nun will oder nicht, in eine Art stummer Zwiesprache mit seinen Lesern, wie sie intimer kaum sein kann. Bedingungslos vertraut er sich ihnen an, so wie es umgekehrt in nahezu gleicher Weise bei und mit jenen geschieht, die seine Bücher in die Hand nehmen und seine Gedanken und Sätze lesen, die er niederschrieb und für alle Augen sichtbar macht.

Schneewinter

Wolfgang Brammen / Novelle / 140 Seiten
2. (überarbeitete) Auflage
€ 8,90, ebook € 4,99 / ISBN 978-3-8334-5700-5
Verlag: BoD, Norderstedt

In eher behutsamen und leisen Worten und doch mit faszinierender Sprachgewalt führt die Novelle in die Einsamkeit einer geheimnisumwitterten Landschaft und erzählt die Geschichte von einem Mädchen und einem Jungen, deren Schicksal sich in winterlicher Abgeschiedenheit erfüllt und den Leser am Ende voller Emotionen zurückläßt.

Ein bewegendes, ein anrührendes Buch, dessen oft stiller Eindringlichkeit man sich kaum zu entziehen vermag.

(Bei Literaturveranstaltungen vorgelesen, im Gymnasialunterricht besprochen, von Internet-Literaturportalen zum Lesen empfohlen.)